Chantelle Shaw
En la prosperidad y en la adversidad

Editado por Harlequin Ibérica.
Una división de HarperCollins Ibérica, S.A.
Núñez de Balboa, 56
28001 Madrid

I.S.B.N.: 978-84-687-6142-8
Depósito legal: M-7986-2015
Impresión en CPI (Barcelona)
Fecha impresion para Argentina: 30.11.15
Distribuidor exclusivo para España: LOGISTA
Distribuidor para México: CODIPLYRSA
Distribuidores para Argentina: Interior, DGP, S.A. Alvarado 2118.
Cap. Fed./Buenos Aires y Gran Buenos Aires, VACCARO HNOS.

Capítulo 1

ESTA es la dirección: Grosvenor Square W1.
El taxista se volvió a mirar a la pasajera, sorprendido de que aún no se hubiera bajado.

–¿No es aquí donde quería venir? ¿Quiere que la lleve a otro sitio?

Isobel, nerviosa, miró por la ventanilla del taxi y pensó en decirle que se fueran de allí.

La casa era tal como la recordaba. Los cristales de las ventanas de los cuatro pisos brillaban al sol primaveral y en ellos se reflejaban los árboles del parque que había enfrente.

Cuando vivía allí con Constantin le encantaba la casa.

Le sorprendió que se despertaran en ella tantas emociones al haber vuelto. Habían pasado dos años desde que había abandonado aquella casa y dicho adiós a su matrimonio.

Tal vez debiera firmar la petición de divorcio que llevaba en el bolso y mandársela al abogado de Constantin. ¿Qué sentido tenía volver a verlo después de tanto tiempo y remover el pasado? No sabía realmente cómo era su marido.

Al conocerse, tres años antes, la habían deslumbrado y seducido su encanto y su ardiente sexualidad.

Al principio, la relación había sido una montaña rusa de desbordante pasión, pero, después de la boda, Constantin se había convertido en un desconocido.

Nunca había entendido de verdad a aquel enigmático italiano, el marqués Constantin de Severino.

Sintió rabia al pensar en la razón que él había alegado para pedir el divorcio: abandono del hogar. Era ella la que se había marchado, desde luego, pero Constantin no le había dejado otra opción, pues la había alejado de él con su frialdad y su incomprensión ante la carrera de ella.

Que alegara que ella lo había abandonado revelaba más emoción de la que él le había mostrado durante el año que había durado su matrimonio.

Pero su marido carecía de emociones, por lo que lo más probable era que hubiera calculado fríamente la razón para pedir el divorcio.

Pero ella no estaba dispuesta a asumir todas las culpas del fracaso de su matrimonio. Constantin tenía que darse cuenta de que ya no era la mujer complaciente que había sido cuando se casaron y que no podía salirse siempre con la suya.

Isobel estaba dispuesta a que su relación finalizara siendo su igual.

—Aquí está bien, gracias —dijo al taxista mientras desmontaba y le pagaba. La brisa agitó su rubia melena.

—Yo a usted la conozco. ¿No es la cantante Izzy Blake, de las Stone Ladies? Mi hija es una gran admiradora suya. ¿Me firma un autógrafo para ella?

Isobel agarró el bolígrafo que le tendía. Seguía sin gustarle que la reconocieran en público, pero no olvidaba que el éxito del grupo se debía a los miles de admiradores del mundo entero.

–¿Ha venido a Londres a dar un concierto?

–No. La semana pasado acabamos la gira europea en Berlín y no tocaremos aquí hasta este otoño.

Llevaba dos años de aeropuerto en aeropuerto y de hotel en hotel por todo el mundo. Firmó el autógrafo al taxista en el cuaderno que le había dado.

El taxista se lo agradeció y se marchó. Ella subió los escalones de la entrada de la casa y llamó a la puerta. A pesar de que se había propuesto mantener la calma, el corazón le latía a toda prisa.

–¡Maldito seas, Constantin! –masculló justo antes de que se abriera la puerta.

–Señora –el mayordomo la saludó sin que su tono ni su expresión delataran sorpresa alguna al verla después de dos años de ausencia.

–Hola, Whittaker. ¿Está mi... esposo? –le molestó su vacilación ante la palabra «esposo». No lo sería mucho más tiempo, y ella podría seguir con su vida.

Había leído en el periódico que Constantin estaba en Londres para inaugurar una nueva tienda de De Severino Eccellenza, más conocida como DSE, el logo de la empresa, en Oxford Street. Había decidido ir a verlo un domingo, ya que era poco probable que fuera a trabajar ese día, a pesar de ser un adicto al trabajo.

–El marqués está en el gimnasio. Voy a informarle de que está aquí.

–No –Isobel quería contar con el factor sorpresa–. Me está esperando.

Era verdad hasta cierto punto, ya que él esperaría

que firmara dócilmente la petición de divorcio, pero no que se la fuera a entregar personalmente.

Cruzó el vestíbulo a toda prisa y se dirigió a las escaleras que bajaban al sótano, donde Constantin había instalado el gimnasio poco después de que se casaran.

La puerta estaba abierta, por lo que lo vio dando puñetazos a un saco de arena. Él, concentrado en lo que hacía, no se dio cuenta de su llegada.

Ella lo observó desde el pasillo con la boca seca.

Era alto como su madre, una americana que, según le había contado él en una de las escasas ocasiones en que le había hablado de su familia, había sido una conocida modelo antes de casarse con su padre. Los pómulos y el resto de sus rasgos también eran de la madre, pero en lo demás era italiano de pura cepa: piel aceitunada y cabello casi negro y ondulado. Los pantalones cortos y la camiseta dejaban ver los poderosos músculos de los muslos y los hombros.

Isobel pensó que tendría que ducharse cuando acabara de hacer ejercicio, y recordó que, al principio de su matrimonio, ella bajaba al gimnasio a observarlo y después se duchaban juntos. Recordó cómo le acariciaba los muslos desnudos y tomaba su poderosa masculinidad con la mano mientras él le enjabonaba los senos e iba descendiendo hasta que ella le rogaba que la hiciera suya contra la pared de la ducha.

¡Por Dios! Isobel sintió una oleada de calor y ahogó un gemido que alertó a Constantin de su presencia. Durante al menos medio minuto contempló su expresión de asombro antes de que su rostro volviera a ser impenetrable. Él se quitó los guantes de boxeo y se dirigió hacia ella.

–¡Isabella!

La versión italiana de su nombre la llenó de deseo. ¿Cómo podía seguir teniendo en ella ese efecto después de tanto tiempo?

Al trabajar en la industria musical, disfrutaba de la compañía de hombres muy guapos, pero nunca habían despertado en ella el deseo. Lo había atribuido al hecho de seguir casada, ya que ella creía en la fidelidad matrimonial. Pero se dio cuenta de que ningún otro hombre la excitaba como su esposo.

Desconcertada por su reacción, estuvo a punto de marcharse corriendo. Pero él ya estaba a su lado.

–No te ocultes en la sombra, *cara*. No sé por qué has venido, pero supongo que debes de tener una buena razón para entrar sin permiso, dos años después de que huyeras.

El cinismo de su tono retrotrajo a Isobel a los últimos días de su matrimonio, cuando siempre estaban peleándose.

–No huí –le espetó ella.

Él enarcó las gruesas cejas, pero eran sus ojos los que siempre la habían cautivado.

Cuando lo conoció, era una secretaria que una agencia de empleo temporal enviaba a trabajar para el consejero delegado en Londres de la empresa de joyería y objetos de lujo De Severino Eccellenza. Y se quedó maravillada ante los ojos azules de Constantin, inesperados por su aspecto latino.

Él se encogió de hombros.

–Muy bien, no huiste. Te marchaste sin avisar mien

tras estaba en viaje de negocios. Cuando volví encontré una nota en que me decías que te habías ido de gira con el grupo y que no volverías.

Isobel apretó los dientes.

–Sabías que me iba con las Stone Ladies porque lo habíamos hablado. Me fui porque, si no, hubiéramos acabado destruyéndonos mutuamente. ¿No recuerdas la pelea que tuvimos la mañana en que te fuiste a Francia, o la discusión del día anterior? Ya no podía soportarlo. No podíamos estar en la misma habitación sin que se mascara la tensión. Había llegado el momento de acabar de una vez. Además, no he entrado sin permiso –afirmó ella controlando la voz–. Te dejé mi llave junto con la alianza matrimonial en tu escritorio. Me ha abierto Whittaker –abrió el bolso y sacó la petición de divorcio–. He venido a devolverte esto.

Constantin echó una rápida mirada al documento.

–Tienes que estar desesperada por acabar oficialmente con nuestro matrimonio si no has podido esperar hasta mañana para mandarla por correo.

Irritada por su tono burlón, abrió la boca para responder que, en efecto, estaba impaciente por deshacer el vínculo entre ellos. Alzó la cabeza y se encontró con sus ojos azul cobalto y después bajó la mirada a su boca sensual de labios carnosos. El pulso se le aceleró y sacó la lengua para humedecerse los labios, secos de repente.

–Tienes buen aspecto, Isabella.

ella, el corazón le dio un vuelco, pero consiguió rle con frialdad:

cias.

Sabía que era atractiva, lo cual no implicaba que no hubiera tardado horas en decidir qué ponerse para ir a verlo. Finalmente, había optado por unos vaqueros de su diseñador preferido, una camiseta blanca y una chaqueta roja. Llevaba el largo cabello suelto y un mínimo de maquillaje.

Vio que Constantin le miraba el bolso.

–Es de la nueva colección de DSE. Me resulta paradójico, ya que siempre eras renuente a aceptar objetos de mi empresa cuando estábamos juntos. Espero que hayas dicho que eras mi esposa y hayas pedido que te hicieran descuento.

–Por supuesto que no lo he hecho. Puedo permitirme pagar lo que cuesta.

Carecía de sentido intentar explicarle que, cuando estaban juntos, se sentía culpable si él le regalaba joyas o accesorios de DSE, ya que todo era tremendamente caro y no quería parecer una cazafortunas que se había casado con él por dinero.

Durante los dos años anteriores, su carrera como cantante le había proporcionado unos ingresos increíbles para una chica que se había criado en un pequeño pueblo minero del norte de Inglaterra, donde la pobreza y las privaciones habían destruido las vidas de unos hombres que se habían quedado sin trabajo diez años antes, al cerrar la mina.

Dudaba que Constantin entendiera lo bien que se sentía al pagarse la ropa y las joyas después de la vergüenza que había sentido en la adolescencia al saber que su familia dependía de lo que le daba el Estado.

Siempre había sido consciente de que pertenecían a diferentes clases sociales. Él era miembro de la aristocracia italiana, un hombre de noble cuna e inmensa riqueza, por lo que no era de extrañar que la hija de un minero se hubiera esforzado por encajar en su exclusivo estilo de vida. Pero ya no la agobiaba la falta de seguridad en sí misma de su adolescencia. El éxito en su carrera le había proporcionado seguridad y orgullo.

—No quiero hurgar en el pasado —afirmó.

—¿Qué es lo que quieres?

La intención de Isobel había sido dejarle claro que no estaba dispuesta a aceptar la responsabilidad del fracaso de su matrimonio. Pero observó que él agarraba una toalla y se la pasaba por los hombros y los brazos, para después quitarse la camiseta y pasársela por el pecho y el abdomen.

Ella apartó bruscamente la vista del vello que desaparecía bajo la cintura de los pantalones y cerró las manos para no acariciarle los duros músculos abdominales.

Había pensado con frecuencia en él en los dos años anteriores, pero su recuerdo no le había hecho justicia: era tan guapo que le pareció que iba a derretirse.

Algo primitivo y puramente instintivo la removió por dentro. Una voz interior le dijo que él era peligroso, pero la alarma que sonaba en su cabeza fue ahogada por el estruendo de su corazón.

El silencio se tensó entre ambos como una goma elástica. Constantin frunció el ceño al ver que ella no le contestaba, pero sonrió.

—Creo que ya te entiendo, *cara*, ¿Esperas que volvamos a estar juntos, por los viejos tiempos, antes de separarnos legalmente?

–¿A estar juntos? –durante unos segundos, Isobel no entendió lo que le decía, pero no pudo evitar la oleada de deseo que experimentó cuando él le miró los senos. Horrorizada, sintió que los pezones se le endurecían y rogó que él no se diera cuenta.

–Había un terreno en nuestro matrimonio en que no teníamos problemas –murmuró él–. Nuestra vida sexual era explosiva.

¡Estaba hablando de sexo!

–¿Crees que he venido a invitarte a ir la cama? Ni lo sueñes –replicó ella con furia.

Le hervía la sangre. ¿Cómo se atrevía a sugerirle que la razón de su visita era el deseo de acostarse con él en recuerdo de los viejos tiempos?

Pero la cabeza la traicionó respondiendo a su provocativa sugerencia: se imaginó a los dos desnudos y retorciéndose en la colchoneta del gimnasio, con los miembros entrelazados y la piel bañada en sudor mientras el cuerpo de él la penetraba con ritmo implacable.

Las mejillas le ardían. Se dio la vuelta para dirigirse a las escaleras, pero la voz de él la detuvo.

–He soñado contigo a menudo en estos dos años, Isabella. Las noches pueden llegar a ser largas y solitarias, ¿verdad?

¿Era nostalgia lo que percibía en su voz? ¿Era posible que la hubiera echado de menos siquiera la mitad de lo que ella lo había añorado?

Isobel se dio la vuelta lentamente para mirarlo y rápidamente se dio cuenta de que se había echo falsas ilusiones. Con el torso desnudo, Constantin la miraba plenamente consciente de que la había excitado.

¿Cómo se le había ocurrido que bajo su arrogancia se ocultara un lado vulnerable? Isobel pensó con amargura que la idea de que le hubiera dolido su partida dos años antes era ridícula. Si Constantin tenía corazón, lo había guardado tras un muro de acero impenetrable.

—Creo que no habrás pasado muchas noches solo —afirmó ella en tono seco— suponiendo que sea cierto lo que cuenta la prensa del corazón sobre tus relaciones con numerosas modelos y celebridades.

Él se encogió de hombros.

—En ocasiones es necesario invitar a mujeres a actos sociales cuando tu esposa no está a tu lado para acompañarte —apuntó él taladrándola con la mirada—. Por desgracia, la prensa sensacionalista se nutre del escándalo y la intriga, y si no los encuentra se los inventa.

—¿Es que no tuviste aventuras con esas mujeres?

—Si pretendes hacerme reconocer que he cometido adulterio para alegarlo como motivo de divorcio, olvídalo. Fuiste tú la que me abandonó.

Isobel exigía una respuesta. Le ponía enferma la idea de que se hubiera acostado con aquellas mujeres. Pero, ciertamente, era ella la que se había marchado, por lo que no tenía derecho a interrogarlo sobre su vida privada. Era un hombre de sangre caliente, con un elevado impulso sexual, por lo que la lógica le indicaba la improbabilidad de que hubiera permanecido célibe durante dos años.

De pronto, se sintió cansada y extrañamente abatida. Había sido una estupidez ir a verlo.

Miró la petición de divorcio que tenía en la mano y la rompió en dos pedazos con mucha calma.

–Quiero divorciarme tanto como tú, pero porque llevamos dos años viviendo separados. Si sigues alegando mi abandono como motivo, presentaré una demanda de divorcio contra ti a causa de tu comportamiento poco razonable.

Él echó la cabeza hacia atrás como si le hubiera abofeteado. Los ojos le brillaban de ira.

–¿Mi comportamiento? ¿Y el tuyo? No eras una esposa abnegada, ¿verdad, *cara*? De hecho, salías con tus amigos con tanta frecuencia que casi me olvidé de que estábamos casados.

–Salía con mis amigos porque, por alguna razón que no comprendía, te habías convertido en un témpano. Éramos dos desconocidos que vivían bajo el mismo techo. Pero necesitaba más, Constantin. Te necesitaba a ti...

Isobel se interrumpió cuando el frío brillo de los ojos masculinos le indicó que estaba perdiendo el tiempo.

–Me niego a tomar parte en un intercambio de insultos –murmuró–. Es revelador del estado de nuestro matrimonio que ni siquiera nos pongamos de acuerdo en cómo darlo por concluido.

Se dio la vuelta y subió las escaleras. Al llegar arriba se dirigió a la puerta a toda prisa, pero se detuvo porque el mayordomo, que acababa del colgar el teléfono interior, se interpuso en su camino al tiempo que le indicaba la puerta del salón.

–El marqués le pide que lo espere ahí mientras se ducha. Enseguida estará con usted.

Ella negó con la cabeza.

–No, me marcho.

La educada sonrisa de Whittaker no se alteró.

–El marqués espera que se quede para seguir hablando. ¿Quiere un té, señora?

Antes de que pudiera responder, Isobel se vio conducida dentro del salón, del que el mayordomo salió cerrando la puerta.

No entendía a qué jugaba Constantin. Era evidente que no tenían nada que decirse que no pudieran resolver sus respectivos abogados.

Tendió la mano hacia el picaporte para marcharse, pero la puerta se abrió y entró el mayordomo con una bandeja.

–Recuerdo que a la señora le gustaba el té Earl Grey –dijo sonriendo mientras le ofrecía un taza.

La buena educación impidió a Isobel salir de aquella casa hecha una furia. Siempre se había llevado bien con Whittaker, y los problemas de su matrimonio no eran culpa del anciano mayordomo. Se tragó su irritación por el hecho de que Constantin se hubiera salido con la suya, como era habitual, y se acercó a la ventana.

–Acabo de hablar con mi abogado y le he pedido que te mande una nueva petición de divorcio para que la firmes. También tienes que declarar por escrito que llevamos dos años viviendo separados.

Isobel se sobresaltó al oír la voz de Constantin y vertió parte del té en el platillo. Se dio la vuelta y se sintió desconcertada al comprobar que él estaba a su lado. Para un hombre de su envergadura se desplazaba con el silencio de una pantera acechando a su presa. Los vaqueros negros y la camiseta que se había puesto acentuaban su buen aspecto. Tenía el pelo aún mojado de la ducha.

–Giles sigue pensando que tengo sólidas razones para divorciarme de ti por abandono del hogar –la ira de Constantin se traslucía en la dureza de su voz–. Pero me aconseja que aleguemos que llevamos dos años separados porque todo será más rápido. Y en lo único en que tú y yo estamos de acuerdo es en que queremos que nuestro matrimonio se acabe lo antes posible.

Para ocultar el dolor que le producían sus palabras, Isobel volvió a mirar por la ventana al bonito parque del centro de la plaza.

–Cuando estaba embarazada solía mirar el parque desde aquí y me imaginaba empujando el cochecito de nuestra hija por él. Ahora tendría dos años y medio.

La punzada de dolor que sintió en el pecho no fue tan aguda como tiempo atrás, pero sí lo suficiente para que contuviera la respiración. Haber regresado a la casa en que vivió durante su embarazo le había vuelto a abrir la herida, una herida que nunca se cerraría por completo. Había destinado una de las habitaciones de la parte trasera de la casa a cuarto de juegos y se había dedicado a elegir los colores para pintarla antes de que Constantin y ella realizaran aquel fatídico viaje a Italia.

Observó que Constantin no había reaccionado ante la mención de su hija. Nada había cambiado, pensó ella. Cuando había perdido al bebé, a las veinte semanas de embarazo, el dolor la había anestesiado. Trató varias veces de hablar del aborto con su esposo, pero este se negó y se distanció aún más de ella.

—¿Piensas alguna vez en Arianna?

Él dio un sorbo del café que acababa de servirse y respondió sin mirarla a los ojos.

—No tiene sentido hurgar en el pasado.

Dos años antes, Isobel se había quedado petrificada ante su carencia de emociones, pero en aquel momento observó que estaba muy tenso.

—¿Por eso presentaste la demanda de divorcio?, ¿para enterrar el pasado?

Él la miró con los ojos entrecerrados.

—¿Tiene algún sentido esta conversación? Hace dos años que no sé nada de ti. ¿Por qué has aparecido de repente?

No disimuló su enfado.

Constantin odiaba las sorpresas. Verla en la puerta del gimnasio lo había enfurecido al recordarle que lo había abandonado, aunque reconocía que la había apartado de sí. Había que tener mucho valor para presentarse así en su casa, tan guapa como estaba. En cuanto la había visto se había excitado.

No quería que estuviera allí porque lo hacía revivir recuerdos que había conseguido sepultar. En su mente apareció por unos instantes la imagen de su niña, perfectamente formada, que no llegó a vivir. Reprimió el dolor como siempre había hecho y suprimió los recuerdos.

Más difícil le resultó controlar la reacción de su cuerpo ante Isobel. Ninguna otra mujer lo había excitado tanto y tan deprisa como ella.

Recordó la primera vez que la había visto. Había

irrumpido en su oficina media hora tarde para trabajar, con su preciosa melena rubia y su hermoso rostro, mientras anunciaba que la enviaba la agencia de empleo para sustituir a su secretaria que estaba de baja por maternidad.

Él no había dejado que le explicara las razones de su tardanza, pero su impaciencia desapareció cuando miró sus ojos color de avellana y experimentó un deseo tan intenso que, literalmente, lo dejó sin aliento.

Desde ese momento se propuso acostarse con ella, lo que consiguió un mes después. Descubrir que era su primer amante despertó en él emociones desconocidas. El fin de semana que pasaron en Roma fue el mejor, y el peor, de su vida.

Fue entonces cuando comenzó a tener pesadillas, desde que se había despertado a medianoche, sudando y temblando, y anonadado por la verdad que se le había revelado en un sueño. Al ver que Isobel dormía inocentemente a su lado, se dio cuenta de que, para que ella estuviera a salvo, no podía consentir que su relación continuara.

Capítulo 2

EL SOL que entraba por la ventana añadía reflejos dorados en el cabello de Isobel. Constantin la examinó tratando de ser objetivo.

Su ropa era de diseño. Los ajustados vaqueros realzaban sus largas piernas y la camiseta moldeaba sus firmes senos. La única joya que lucía era una cadena de oro. Frunció los labios al mirarle las manos y recordar la alianza matrimonial y el anillo de compromiso que ella había dejado en la casa cuando lo había abandonado.

Físicamente, apenas había cambiado en dos años. Su rostro era tan hermoso como lo recordaba, y sus ojos castaños eran claros e inteligentes. Llevaba el rubio cabello atractivamente despeinado.

La miró a los ojos y se sorprendió al ver que ella le devolvía la mirada con calma y seguridad, cuando en otro tiempo la hubiera apartado y se hubiera sonrojado. Había algo muy atractivo en una mujer segura de sí misma, por lo que Constantin sintió una punzada de deseo en la entrepierna, al tiempo que lo irritaba que hubiera ganado esa confianza en sí misma después de haberlo abandonado.

—No soy el único que aparece en la prensa. El éxito de las Stone Ladies ha sido meteórico y habéis ganado un montón de premios. ¿Qué se siente al ser una estrella?

—Francamente, me parece irreal. En dos años, hemos pasado de tocar en pubs a hacerlo en estadios, ante miles de personas. El éxito es estupendo, desde luego, pero me resulta difícil enfrentarme al interés de los medios por mi vida privada.

—Sobre todo porque a los paparazzi les fascina tu relación con uno de los miembros masculinos del grupo —observó él en tono sardónico—. Supongo que la compañía discográfica quiere que proyectéis una imagen impoluta de cara a vuestros admiradores adolescentes y, por eso, los medios no mencionan que estás casada.

—Ya les he explicado que Ryan solo es un amigo. Nos criamos juntos. Él, Ben y Carly, los otros dos miembros del grupo, son como mi familia. Nunca entendiste lo importante que son para mí y sé que no te gustaba que fueran mis amigos, pero la verdad es que, cuanto más te alejabas de mí, más necesitaba estar con gente que me quisiera y en la que pudiera confiar.

—Nunca te di motivos para que no te fiaras de mí.

—No me refiero a que sospechara que veías a otras mujeres a mi espaldas —Isobel pensó que, si le hubiera sido infiel, le habría sido más fácil entenderlo. Se hubiera sentido herida, pero habría entendido que había cometido un error al casarse con un playboy, y lo hubiera superado.

Miró su hermoso rostro. Había escrito canciones sobre el amor a primera vista, pero sin creer que fuera posible... hasta que conoció a Constantin.

Cuando entró a toda prisa en su despacho el primer día de su nuevo trabajo, sus ojos se encontraron con la mirada azul cobalto de él y fue como si se hubiera producido un cataclismo. Había esperado que el consejero delegado fuera mayor, con poco pelo y algo de estómago, pero Constantin era la perfección masculina personificada, con el aspecto de un actor de cine y la imponente presencia de un líder mundial.

Se había sentido intimidada, pero él le sonrió y ella se sintió invadida por un deseo que sabía que solo él podría satisfacer.

Constantin la miró. Tenía un aspecto fantástico. ¿Tendría un amante? Le resultaba difícil creer que, hermosa y sensual como era, llevara dos años viviendo como una monja.

Había visto su fotografía en carteles por todo Londres que anunciaban el nuevo álbum del grupo. Era la fantasía de cualquier hombre, pero él no necesitaba fantasías cuando recordaba cómo hacían el amor.

Esos recuerdos lo excitaron aún más.

A Isobel se le puso la carne de gallina al ver el brillo de sus ojos. Darse cuenta que todavía la deseaba la llenó de pánico y de excitación a la vez. Apartó la mirada y dio un paso hacia la mesita de centro para dejar la taza en la bandeja, pero el tacón se le enredó con el borde de la alfombra y dio un traspiés. Inmediatamente, Constantin la agarró.

—Gracias —susurró con voz ronca. Tenía la garganta seca. El sentido común le indicaba que debía apartarse de él, pero parecía haber perdido el control de su cuerpo, y su mente voló hasta la primera vez que él la había besado.

La había llevado en coche a su casa. Su puesto de secretaria en la empresa implicaba que las conversaciones entre ambos fueran siempre de carácter laboral, por lo que ella había supuesto que él apenas se habría fijado en ella. Cuando, mientras atravesaban la ciudad, él le pidió que le hablara de ella se aterrorizó, pero, como era su jefe, le contó los detalles de su vida, muy poco interesante.

Cuando él aparcó frente a su casa, se volvió hacia ella y le dijo:

—Eres un encanto —y la besó en los labios.

El cuerpo de ella reaccionó al instante, como si él hubiera apretado un botón que hubiera despertado su sensualidad, hasta entonces latente. Constantin la había besado como ella imaginaba que un hombre besaría a una mujer, como había soñado que la besarían.

Respondió a sus apasionadas exigencias con un ardor que lo hizo gemir.

—Pronto serás mía, Isabella.

—¿Cuándo?

Habían pasado tres años de aquello, pero Isobel seguía atrapada por el magnetismo sexual de Constantin y se sentía como la tímida secretaria que había sido, a la que había besado el hombre más excitante que había conocido.

—¿Por qué me abandonaste? —preguntó él con voz dura—. Ni siquiera tuviste la decencia de decírmelo a la cara, sino que me dejaste una nota insultante en la que decías que habías decidido que pusiéramos fin a nuestra relación.

Isobel tragó saliva, incapaz de pensar con sus labios tan cerca de los suyos. Deseaba acariciarle la nuca y empujársela para que bajara la cabeza y la besara.

—¿Por qué te casaste conmigo? —contraatacó ella—. Me lo he preguntado muchas veces. ¿Fue porque estaba embarazada? Creía que nuestra relación se basaba en algo más que en la atracción sexual, pero te distanciaste de mí después del aborto. No podía acercarme a ti, no querías hablar de lo sucedido. Tu frialdad me indicaba que no deseabas que fuera tu esposa.

El dolor que reflejaban los ojos de Isobel hizo que Constantin se sintiera culpable. Sabía que no le había proporcionado el apoyo que necesitaba después de perder al bebé. Pero le había sido imposible hablar de ello y había reaccionado como hacía siempre, ocultando sus emociones y centrándose en el trabajo. No podía culparla por haberse volcado en sus amigos, pero sentía celos de ellos, sobre todo del cariño de Isobel por Ryan Fellows, el guitarrista del grupo.

La idea de que fueran amantes lo había corroído por dentro. Isobel lo había acusado de que no le gustaba que se relacionara con sus amigos, y era verdad. No podía controlar el sentirse posesivo, lo cual lo asustaba, ya que creía haber heredado los peligrosos celos de su padre.

—Hace tres años fuimos amantes. El fin de semana que pasamos en mi piso de Roma fue divertido, pero... —se encogió de hombros—. No deseaba tener una relación larga y creí que lo entenderías.

Cuando, al poco de volver a Londres, le dijo que habían terminado, se convenció de que era lo mejor antes de que las cosas se le fueran de las manos. Isobel debía entender que expresiones como «a largo plazo» o palabras como «compromiso» no estaban en su diccionario.

—Pero el destino nos tenía preparada una jugada inesperada. Cuando me dijiste que estabas embarazada, no pude consentir que mi hijo fuera ilegítimo. Casarse era la única alternativa. Era mi deber.

Isobel se estremeció. «Deber» era una fea palabra, que le produjo un sabor amargo. Había contado a Constantin que estaba embarazada porque creyó que tenía derecho a saberlo, y se había quedado asombrada cuando él el pidió que se casaran.

Al fin y al cabo, estaban en el siglo XX, y ser madre soltera ya no era inusual ni vergonzoso. Creyó que sentía algo por ella, pero se había engañado.

—Al principio estábamos bien —le recordó.

—No lo niego. Íbamos a ser padres y, por el bien de nuestro hijo, era importante que hubiera entre nosotros una relación amistosa, además de nuestra buena compatibilidad sexual.

Ella se tragó el nudo que se le había formado en la garganta. ¿Había tratado Constantin simplemente de establecer una relación amistosa al llenar la casa de rosas amarillas después de saber que eran sus preferidas? ¿Se había imaginado ella la intimidad que aumentó entre ambos, día tras día, mientras estaban en viaje de novios en las islas Seychelles?

¡Qué estúpida había sido al creer que, pese a su frialdad, todavía existía la posibilidad de volver a estar juntos!

Consiguió controlarse y esbozó una fría sonrisa.

—En ese caso, no tenemos nada más que decirnos.

Esperaré a que tu abogado me mande la petición de divorcio. Creo que el proceso será rápido, ya que se trata de un divorcio de mutuo acuerdo.

—Le he dicho a mi abogado que te ofrezca un arreglo financiero —Constantin frunció el ceño cuando ella negó con la cabeza—. No entiendo por qué te empeñaste en firmar un acuerdo prematrimonial que te dejaba sin nada.

—Porque no quiero nada de ti —respondió ella con fiereza—. Gano mucho dinero, pero, aunque no fuera así, no aceptaría tu ayuda.

—Ya veo que no has perdido tus deseos de independencia. Eres la única mujer que conozco que se molestaba cuando le hacía regalos.

No quería sus regalos, sino algo que no había sido capaz de darle: su amor, su corazón a cambio del de ella, un matrimonio que fuera una verdadera unión.

¿Existía algo así? No lo había visto en el caso de sus padres. Tal vez lo de vivir felices y comer perdices solo existiera en los cuentos de hadas.

Tenía que marcharse de allí inmediatamente, antes de venirse abajo. Nunca había estado tan agradecida como en aquel momento por la ilusión de suprema seguridad que le había proporcionado actuar con el grupo.

—Le diré a mi abogado que rechace toda oferta económica de tu parte.

Él masculló un juramento.

—¡Maldita sea, Isobel! Tienes derecho a una pensión. La industria musical no es estable, y nadie sabe lo que te deparará el futuro.

—Ya no hay motivo alguno por el que debas sentirte responsable de mí –respondió ella en tono cortante.

El sonido del teléfono móvil dentro del bolso fue una grata distracción. Ella comprobó quién llamaba y lanzó una mirada de disculpa a Constantin.

–¿Te importa que conteste? Es Carly, probablemente para recordarme que hemos quedado en ir de compras esta tarde.

Después de haber hablado con su amiga, el móvil volvió a sonar. Isobel supuso que volvería a ser Carly, pero se sobresaltó al reconocer la voz de quien llamaba.

–Hola, Izzy. Soy tu querido David. ¿Recuerdas que escribiste «para mi querido David» cuando me firmaste el autógrafo? Sé que estás en Londres y me gustaría que cenáramos juntos.

–¿Cómo has conseguido este número? –le espetó Isobel.

Se arrepintió inmediatamente de haberle hablado, ya que la policía le había aconsejado que no perdiera la calma ni demostrara emoción alguna ni se pusiera a conversar con el hombre que llevaba dos meses acosándola. Pero se había aterrorizado al oír su voz.

¿Sabría dónde se hallaba exactamente en Londres? Era poco probable que la hubiera seguido hasta allí. Pero ¿cómo demonios tenía el número de su móvil?

Cortó la llamada sin añadir nada más y comprobó el número desde el que la había llamado. Estaba oculto. Guardó el teléfono en el bolso.

–¿Qué pasa?

Constantin la miraba con curiosidad, sin darse cuenta de su inquietud.

–Nada –no había razón alguna para mezclarlo en aquello. Cambiaría el número del móvil.

Constantin frunció el ceño.

–Por tu reacción se diría que pasa algo. Al contestar, parecías preocupada –la agarró del brazo para impedir que se marchara–. ¿Tienes problemas con quienquiera que sea el que te ha llamado?

–No, me estaban gastando una broma –mintió ella.

Tuvo la tentación de hablarle de David, de ese admirador que estaba obsesionado con ella. Pero la policía estaba informada y todo estaba bajo control.

En cuestión de semanas, estarían divorciados y lo más probable era que no volvieran a verse. Tiró del brazo para soltarse de su mano y se dirigió a la puerta de entrada casi corriendo.

–Adiós, Constantin. Espero que algún día conozcas a alguien que te ofrezca lo que buscas.

–El puesto de presidente de DSE siempre ha pasado al hijo mayor de la siguiente generación familiar. ¡Tengo derecho a él por nacimiento, maldita sea!

Constantin deambulaba furioso por el despacho de su tío, en la oficina central de DSE, en Roma, como un tigre enjaulado. Miró a su tío, Alonso, tranquilamente sentado a su escritorio.

–Si hubiera sido un año mayor cuando mi padre murió, hace diez años que sería presidente, pero, como tenía diecisiete, las normas de la empresa dictaban que el cargo pasara al siguiente varón que fuera mayor de edad, en este caso, tú, el hermano de mi padre. Pero ahora que quieres jubilarte, la presidencia me corresponde. Mi intención es unir el puesto de presidente con el de consejero delegado, como hizo mi padre.

Alonso carraspeó.

–Muchos miembros de la junta directiva creen que ambos cargos debieran estar separados. Un presidente independiente defenderá mejor los intereses de los accionistas y dejará libre al consejero delegado para concentrarse en la dirección de la empresa, cosa que tú haces extremadamente bien, Constantin.

–Los beneficios han aumentado año tras año desde que soy el consejero delegado, pero a veces tengo la sensación de que trabajo sin el apoyo de la junta directiva.

Constantin era incapaz de ocultar su enojo.

–Nos preocupa que, en tu intento de que la empresa se expanda, te olvides de la ética y la moral que son la espina dorsal de DSE desde que tu tatarabuelo la fundó, hace casi un siglo.

Constantin golpeó el escritorio con las manos.

–No me he olvidado de nada. Llevo viviendo en esta empresa desde niño con la esperanza de llegar a ser, algún día, su responsable absoluto. ¿En qué sentido he olvidado la ética de la empresa?

En vez de responder, Alonso miró una revista del corazón que había en el escritorio. En la portada aparecía una foto de su sobrino con una famosa modelo italiana, muy ligera de ropa, saliendo de un casino.

Constantin se encogió de hombros al mirar la foto, que se había tomado una semana antes. Recordaba esa noche únicamente porque era cuando había vuelto a Roma desde Londres, después de recibir la inesperada visita de Isobel. Estaba de muy mal humor. Se le había quedado fijada en la mente la imagen de ella saliendo y subiéndose a un taxi sin mirar atrás.

Lia, la modelo, llevaba semanas llamándolo por teléfono desde que se habían conocido en un acto social que él no recordaba. Y esa noche accedió a cenar con ella para olvidarse de Isobel. Ir al casino había sido idea de Lia, y sospechaba que había avisado a los paparazzi porque sabía que una foto con uno de los hombres de negocios más ricos de Italia impulsaría su carrera de modelo.

—Esta no es la imagen de la empresa que deseamos dar al mundo. El público debe considerar que somos una compañía que transmite excelencia, fiabilidad y honradez. ¿Cómo va a hacerlo cuando su consejero delegado lleva una vida de playboy a pesar de estar casado?

—Mi vida privada no tiene nada que ver con mi capacidad para dirigir la empresa. A los accionistas solo les interesan los beneficios, no mis asuntos personales.

—Por desgracia, eso no es cierto, sobre todo cuando pareces tener tantas aventuras.

—Ya sabes cuánto le gusta a la prensa exagerar. Si están pensando seriamente en no nombrarme presidente, ¿a quién piensas nombrar?

—A Maurio, el hijo de mi hermana. Como no tengo un hijo varón —prosiguió Alonso cuando se dio cuenta de que Constantin, atónito, no iba a responderle— creo que Maurio tiene muchas cualidades que lo hacen adecuado para el cargo de presidente, además de estar felizmente casado y de que no es probable que se le fotografíe saliendo del casino con una botella de whisky en una mano y una mujer medio desnuda en la otra.

–Maurio no tiene carácter. El puesto de presidente le viene grande –afirmó Constantin con dureza.

Él era la persona más adecuada para ostentar ambos cargos. DSE era más que un negocio: era su vida, su identidad.

Después de haber presenciado la muerte de su padre y de su madrastra a los diecisiete años, se había centrado en la empresa para evitar pensar en aquella tragedia. Llevaba diez años soñando con el día en que tendría el control absoluto de la empresa, pero existía el peligro de que su destino le fuera arrebatado de las manos.

–Si mi imagen es el único problema que la junta directiva y tú tenéis conmigo, la cambiaré. Me recluiré en casa; viviré como un ermitaño, si es necesario, para que me nombres tu sucesor.

–No espero nada tan drástico, Constantin. Solo te pido que los detalles de tu vida amorosa no aparezcan en los medios. Te sugiero que retomes tu matrimonio, que demuestres que puedes hacer honor al compromiso que aceptaste al casarte, y tal vez me convenzas de que puedo cederte el control de la empresa.

–Eso suena a soborno.

–Me da igual. La responsabilidad de nombrar al próximo presidente recae únicamente en mí y, a no ser que vea que cambias de vida para que refleje los valores de DSE, no tendré la certeza de que eres el hombre adecuado para el puesto.

Capítulo 3

ESA noche, mientras entraba en la casa de Grosvenor Square, Constantin pensó que era una lástima que la conversación con su tío no hubiera tenido lugar una semana atrás, antes de haberle dejado claro a Isobel que su matrimonio había concluido.

Eran más de las doce, por lo que Whittaker se había ido a acostar, pero le había dejado una botella de whisky en el salón. Constantin se sirvió un whisky, se sentó en el sofá y agarró el mando a distancia de la televisión.

¿Cómo podía Alonso pensar en darle la presidencia a Maurio? Su primo era un joven agradable, pero no duraría cinco minutos en el salvaje mundo de los negocios. Se precisaba coraje, osadía y visión de futuro para dirigir DSE.

Dio un trago de whisky y pensó que bebía demasiado. Pero le daba igual. El alcohol lo anestesiaba cuando trataba de borrar recuerdos dolorosos. Si bebía lo suficiente, tal vez consiguiera dormir algunas horas. Desde la visita de Isobel, había vuelto a tener pesadillas.

Se bebió el resto del whisky de un trago y volvió a llenarse el vaso.

Reconocía que era suya casi toda la responsabilidad del fracaso de su matrimonio, pero Isobel tenía parte de culpa. Había perdido la cuenta de las veces que había vuelto a casa y se la había encontrado vacía porque ella estaba cantando con el grupo en un pub o en un club. Isobel lo había acusado de no entender lo importante que era la música para ella y, sinceramente, a él no le había gustado que fuera una parte tan importante de su vida.

Isobel había desarrollado su carrera con éxito. Pero la suya estaba en peligro, y la única forma de asegurarse el cargo de presidente de DSE era convencerla de que volviera con él, días después de haber reconocido que se había casado con ella por estar embarazada.

El documental sobre vida animal de la televisión no consiguió interesarlo. Cambió de canal a un popular programa de entrevistas que, inmediatamente, captó su atención.

–«Las Stone Ladies son, posiblemente, el grupo de folk-rock de mayor éxito de los últimos cinco años» –dijo el presentador, que prosiguió enumerando los numerosos premios que habían ganado mientras en la pantalla aparecía Isobel con un minivestido de cuero negro y botas hasta los muslos. Su hermoso rostro se mostraba animado mientras hechizaba al presentador con su ingenio y su impresionante seguridad en sí misma.

Era difícil de creer que fuera la misma Isobel, tremendamente tímida, a la que él había invitado a pasar un fin de semana en Roma. Se había quedado asombrado al comprobar que era virgen. Lo asaltaron los recuerdos. Rememoró que ella había compensado su falta de experiencia con su disposición a complacerlo.

En la televisión, el presentador interrogaba a los miembros del grupo sobre su vida.

–Ben y Carly, creo que planeáis casaros a finales de este año.

La pareja, el batería y la teclista del grupo, se lo confirmaron.

–¿Y vosotros dos? –preguntó el presentador dirigiéndose a Isobel y Ryan–. Ni negáis ni confirmáis los rumores de que sois algo más que buenos amigos. ¿Cuál es exactamente la naturaleza de vuestra relación?

Constantin apretó los dientes cuando vio que el guitarrista pasaba el brazo a Isobel por los hombros.

–Es cierto que Izzy y yo somos muy buenos amigos. Tal vez anunciemos algo dentro de poco.

¿Qué significaba aquello?, se preguntó Constantin lleno de ira.

Era evidente que Isobel ya tenía a otro esperando a ocupar su puesto. A pesar de que ella había insistido en que solo mantenía con Ryan Fellows una inocente amistad, era evidente para el mundo entero la intimidad que había entre ellos.

Constantin sintió que la bilis le subía a la garganta. ¿Cómo se atrevía a exhibir a su amante en público cuando aún estaba casada con él?

Agarró la botella de whisky y volvió a llenarse el vaso mientras el cerebro le funcionaba con furia. Si Isobel y Ryan estaban juntos, ¿por qué lo había mirado ella con tanto deseo? ¿Acaso el guitarrista no la satisfacía?

Su esposa era muy sensual, pensó Constantin. La ardiente química sexual que había entre los dos superaba con creces todo lo que había experimentado con otras mujeres. Cuando estaban recién casados se pasaban horas haciendo el amor.

¿Echaría ella eso de menos? La noche en que lo había sorprendido en el gimnasio, la química sexual entre ambos había sido evidente. Él había estado a punto de poseerla, y ella no se lo hubiera impedido, a pesar de fingirse escandalizada y negar que lo desease.

Los pensamientos de Constantin se centraron en la amenaza de su tío de privarlo de la presidencia de DSE. Al principio, no pensaba aceptar el ultimátum de Alonso de continuar con su matrimonio para asegurarse el puesto.

Pero tenía derecho a la presidencia. La empresa era lo único por lo que se sentía orgulloso de ser un De Severino.

¿Quién era él? El hijo de un monstruo que no se atrevía a examinarse en profundidad por miedo a lo que pudiera descubrir, que no se atrevía a tener una relación en la que intervinieran los sentimientos. DSE era su amante, su razón de ser, y haría todo lo que estuviera en su mano para reclamar lo que legítimamente le correspondía.

Si conseguía convencer a Isobel de que volviera con él, su tío lo nombraría presidente y, después de haberse asegurado el puesto, ya no tendría necesidad de su hermosa y voluble esposa.

—Adelante —dijo Isobel apartándose del espejo al oír llamar a la puerta de la habitación del hotel que le habían asignado como camerino.

–¡Vaya! –exclamó Ryan–. Estás deslumbrante.

–¿No crees que este vestido es excesivo? –volvió a mirarse en el espejo con el vestido de noche de lentejuelas doradas que se le ajustaba como un guante y le dejaba un hombro al descubierto.

–La cena para recaudar fondos con fines solidarios del duque de Beaufort es uno de los acontecimientos más prestigiosos de Londres, y, esta noche, todo va a ser excesivo, por lo que estás perfecta para la ocasión.

–Me parece increíble que nos hayan pedido que actuemos. ¿Llegaste a pensar, cuando tocábamos en pubs, que un día encabezaríamos las actuaciones en una gran fiesta en un hotel de cinco estrellas?

Él se echó a reír.

–Es una locura la velocidad a la que ha ocurrido todo. A veces tengo miedo de despertarme y darme cuenta de que era un sueño –Ryan vaciló–. Supongo que tu padre estaría orgulloso de ti, Izzy.

La sonrisa de ella se evaporó.

–Lo dudo.

Isobel recordó la conversación que había tenido con su madre, hacía tres meses, frente a la tumba de su padre, el día de su funeral. Su madre había sollozado, pero a ella le había resultado imposible llorar por su padre, cuya personalidad áspera y brusca había ensombrecido su infancia.

–Tu padre era un buen hombre –había dicho su madre–. Sé que no era fácil vivir con él, sobre todo cuando estaba de mal humor, pero no estaba siempre así. Cuando nos casamos, era un hombre divertido, que tenía grandes esperanzas sobre nosotros y sobre el futuro. Pero cambió tras el accidente y dejó de ser el hombre fuerte que había sido. Cuando la mina cerró y no pudo encontrar otro empleo, perdió el orgullo y, al evaporarse su sueño de lograr una vida mejor para su familia, se hundió emocionalmente.

–Pues parecía estar dispuesto a aplastar mi energía y mis sueños de tener una vida distinta. Sé que te sentías desgraciada con papá. Te oía llorar en la cocina cuando creías que estaba acostada. Nunca he entendido por qué seguiste con él.

–Parte de él murió con tu hermano. Nunca se recuperó de la pérdida de Simon, y me necesitaba. Yo me tomé los votos matrimoniales en serio, «en lo bueno y en lo malo, en la riqueza y en la pobreza, en la salud y en la enfermedad». Tú también los hiciste al casarte con Constantin. Nunca me has contado por qué acabó vuestro matrimonio. No intento inmiscuirme en tu vida, pero creo que te diste por vencida muy pronto. Un año no es mucho tiempo, y el matrimonio no es siempre coser y cantar. Hay que trabajarse la relación y hacer concesiones para llegar a una mutua comprensión.

Ella lo había intentado, pero ya sabía que él se había casado solo porque estaba embarazada. Nunca había hablado a su madre de Arianna. Hubiera sido una crueldad decirle que había perdido a su nieta, después de haber perdido a su marido y a su hijo.

Isobel volvió a la realidad cuando se dio cuenta de que Ryan estaba hablando.

–No habría conocido a Emily si me hubiera quedado en el pueblo. Le he pedido que se case conmigo y ha aceptado.

Ella lo abrazó.

–Estáis hechos el uno para el otro. Sé que seréis muy felices.

La expresión de Ryan se oscureció.

–Emily me hace muy feliz, pero no merezco sentirme así. No dejo de pensar en Simon. Ojalá le hubiera impedido ese día ir al embalse.

–No digas eso.

En la mente de Isobel apareció la sonrisa pícara de Simon. Para ella, siempre tendría catorce años.

–Ya sabes lo temerario que era. No te hubiera hecho caso. Sé que hiciste todo lo posible para salvarlo, por lo que debes dejar de sentirte culpable –apretó el brazo de Ryan–. Mi hermano y tú erais amigos íntimos. Estaría contento de que te vayas a casar con la mujer a la que quieres.

Ryan asintió lentamente.

–Supongo que sí. Gracias, Izzy –miró el reloj–. Más vale que nos demos prisa. Tenemos que estar en el escenario dentro de diez minutos. ¿Cómo estás?

–Nerviosa, como siempre antes de actuar, pero se me pasará cuando empiece a cantar.

Iba a salir detrás de Ryan cuando le sonó el móvil, por lo que volvió a la mesa donde lo había dejado. Como tenía prisa, contestó sin comprobar quién la llamaba.

–Te veré esta noche, Izzy. Está escrito en las estrellas que estamos destinados a estar juntos para siempre.

Ella cortó la llamada. ¿Estaría David en el hotel? ¿Estaría invitado al acto de recaudación de fondos?

–Vamos –le dijo Ryan desde el umbral. Frunció el ceño al ver lo pálida que estaba–. ¿Te pasa algo?

Se diría que has visto un fantasma. ¿Te sigue molestando ese tipo por teléfono?

No sería justo compartir su preocupación con Ryan esa noche, cuando estaba feliz porque su novia hubiera aceptado casarse con él.

Se encogió de hombros.

—Ya te he dicho que tengo un poco de miedo escénico —afirmó mientras tomaban el ascensor a la planta baja.

Deseosa de olvidarse de la inquietante llamada telefónica, cambió de tema.

—¿Vais a anunciar vuestro compromiso esta noche?

—No. Se lo pedí ayer a Emily, y se ha ido a casa de sus padres en Suffolk para darles la noticia.

Mientras esperaban entre bastidores a que les tocara el turno de actuar, Ryan la tomó de la mano.

—Gracias por ayudarnos a que los medios no se enteraran de nuestra relación. Los rumores sobre una posible relación entre nosotros dos ha permitido que Emily pase desapercibida.

Los interrumpió un técnico de sonido.

—Salís dentro de dos minutos. ¿Quieres comprobar tu micrófono, Izzy?

Se alzó el telón y los espectadores comenzaron a gritar. Pero ella se quedó clavada en el sitio al tiempo que sentía la urgente necesidad de salir corriendo.

—Olvídate de todo lo demás y concéntrate en la música —le dijo Ryan—. Imagina que volvemos a ser niños, cuatro amigos que fingían ser estrellas del rock.

Las palabras de Ryan la calmaron. Miró a Carly y a Ben y se sonrieron.

Durante su matrimonio había intentado explicar a

Constantin que el grupo era su familia, la que le daba el amor y el afecto que no le había dado su padre. Después de perder al bebé, la apoyaron en los días más tristes de su vida mientras él se negaba a hablar de lo sucedido.

Inspiró profundamente, salió al escenario y comenzó a cantar una canción que hacía poco había alcanzado el número uno en las listas de éxito. Se olvidó de todo y se sumergió en la música. Desde niña, la música había sido su gran amor, su alegría y su consuelo cuando necesitaba dar salida a sus emociones.

–¿Constantin?

El sonido de su nombre interfirió en sus pensamientos y apartó la vista del poco edificante espectáculo de su mujer bailando con su buen amigo Ryan Fellows. Sonrió a la mujer rubia que estaba a su lado, que le lanzaba una mirada acusadora.

–No me escuchas.

Mentirle no tenía sentido. La mujer, Ginny o Jenny, no recordaba el nombre, se había sentado a su lado en la cena y parecía creer que tenía el derecho exclusivo a que le prestara atención durante el resto de la velada. Pero no hacerle ni caso había sido una grosería.

–Perdona. Tengo muchas cosas en la cabeza, y no soy una buena compañía esta noche. Pero estoy seguro de que habrá muchos otros hombres a quienes les encantará conocerte.

La rubia captó la indirecta y desapareció. Él volvió a mirar a Isobel bailando.

Al oírla cantar antes le había sorprendido de nuevo su voz cristalina. Nunca había entendido que la música fuera parte de ella, como afirmaba. Pero al verla esa noche en el escenario, se percató de que cantaba con el corazón.

Se fijó en Ryan Fellows. Era cierto que hacían muy buena pareja. ¿Serían ya amantes o tendrían la decencia de esperar a que ella estuviera divorciada? Le hervía la sangre de rabia. La fuerza de los celos lo aterrorizaba, pero no podía controlarse.

¿Así se había sentido su padre al ver a su joven segunda esposa riéndose con sus amigos? ¿Se había apoderado de Franco de Severino una furia asesina cuando Lorena y él habían discutido en el balcón aquella fatídica noche?

Tenía la frente perlada de sudor. No debiera haber aceptado la invitación para esa noche sabiendo que actuarían las Stone Ladies. Se dirigió hacia donde se hallaba Isobel.

¿Estaba David en el salón de baile observándola? Se había olvidado de él durante la actuación, pero se había vuelto a sentir inquieta al acabar y unirse a los invitados de la fiesta. Se dijo que no debía exagerar. Su acosador no había amenazado con hacerle daño.

—No mires —le susurró Ryan al oído mientras bailaban—, pero un hombre muy peligroso viene hacia aquí.

A ella, el corazón le dio un vuelco.

—¿Qué hombre?

—Es Constantin y tengo la impresión de que le

gustaría descuartizarme. ¿No me habías dicho que todo había acabado entre vosotros?

—Y así es...

Isobel no pudo continuar porque una pesada mano le cayó sobre el hombro. Se dio la vuelta y allí estaba Constantin, que se interpuso entre Ryan y ella.

—Perdona, Fellows, pero me toca bailar con mi esposa.

—¿Te parece bien, Izzy? —preguntó Ryan indeciso.

Isobel no quería montar una escena, sobre todo porque sabía que había medios de comunicación en la fiesta a los que les encantaría informar de un escándalo en la pista de baile. De todos modos, no le dio tiempo a pedir ayuda a Ryan porque Constantin la agarró de la cintura y se la llevó bailando.

—¿Se puede saber a qué juegas? —preguntó Isobel mientras él la abrazaba y atraía hacia sí hasta que ella apoyó el rostro en su pecho. Alzó la cabeza para mirarlo—. ¿Por qué estás aquí?

—He aceptado una invitación para contribuir a recaudar fondos con fines solidarios. Además, sabía que tú también estarías. Tu visita de la semana pasada ha conseguido que vuelva a examinar nuestra situación, y he llegado a la conclusión de que estabas en lo cierto al apuntar que hubo muchas cosas buenas en nuestra relación.

Ella lo miró confusa.

—¿A qué te refieres?

—Me refiero a que he cambiado de idea sobre el divorcio. Creo que deberíamos darnos otra oportunidad.

La sorpresa de Isobel dio paso a la ira

–¿Así, sin más, has cambiado de idea? ¡Qué cara tienes!

Era típico de él no dar explicaciones y esperar que ella aceptara su decisión y lo recibiera con los brazos abiertos.

–La semana pasada insististe en que nos divorciáramos. ¿Qué ha pasado para que se haya producido este milagroso cambio de opinión?

De repente, todo comenzó a superarla: la música romántica, la forma en que él la abrazaba, que le permitía oír los latidos de su corazón y la presión de su excitación contra el muslo de ella.

El cerebro le lanzaba avisos de que se alejara de él, pero el deseo la iba invadiendo lentamente. .

Esto es lo que ha pasado, Isabella –susurró al lado de sus labios–. Estamos prisioneros de la increíble pasión que hay entre nosotros, que la ha habido desde que nos conocimos. Cuando nos vimos la semana pasada, estuvimos a punto de arrancarnos la ropa. No fuiste la única que se imaginó que hacíamos el amor en la colchoneta del gimnasio.

–No quiero... –comenzó a decir ella con desesperación.

–Sí, si quieres. Y yo también –dijo Constantin con firmeza.

Y le demostró su dominio con un beso que exigía una respuesta por parte de Isobel que ella fue incapaz de negarle.

Capítulo 4

HACÍA mucho que Constantin no la estrechaba en sus brazos y la besaba con pasión. Los años de dolor se evaporaron mientras Isobel temblaba porque él incrementaba la presión de sus labios en los de ella, despertando un deseo que había estado latente.

Una vocecita interior le dijo que debía resistirse, pero cuando él la apretó más contra sí y sintió su excitación presionarle la pelvis, dejó de luchar consigo misma y sucumbió a sus sensuales exigencias.

Todo lo que la rodeaba, salvo la música y el hombre que era dueño de su corazón, desapareció. La boca de él no había abandonado la suya, pero el beso era tan dulcemente cautivador que se le llenaron los ojos de lágrimas. Le parecía que había vuelto a casa tras un largo viaje.

—Subid a una habitación —dijo alguien.

Hubo risas, e Isobel volvió a la realidad. Apartó la boca de la de él y miró a su alrededor. Horrorizada, comprobó que eran la única pareja en la pista, que todos los observaban. El flash de una cámara hizo que se diera cuenta de su estupidez.

—A la prensa le va a encantar —murmuró—. Los periodistas no tardarán mucho en descubrir que estamos casados y querrán saber por qué vivimos separados.

Él se encogió de hombros.

–¿Y qué? Les diremos que hemos atravesado un periodo difícil, pero que volvemos a estar juntos.

–Pero no es cierto –lo miró con recelo–. Me has tendido una trampa, ¿verdad? Has montado esta escena porque, por alguna razón, has decidido que debemos reconciliarnos.

–No te he oído protestar cuando te besaba, *cara*.

Muerta de vergüenza, Isobel se dio la vuelta para salir del salón. Él la siguió.

–Vete –le ordenó ella en voz baja y fiera mientras cruzaba el vestíbulo. Al salir del hotel rogó que apareciera un taxi.

–Tengo el coche ahí –dijo él indicando con la cabeza el coche deportivo aparcado un poco más abajo–. Te llevo a casa.

–Prefiero ir en taxi.

Estaba furiosa con él, pero aún más consigo misma. La amarga verdad era que no se atrevía a estar a solas con Constantin.

La luz de un flash la deslumbró momentáneamente. Un periodista de la prensa sensacionalista al que conocía le puso un micrófono delante.

–Izzy, ¿qué hay entre Constantin de Severino y tú? ¿Has roto con Ryan Fellows? Si es así, ¿qué implicaciones tendrá para el futuro de las Stone Ladies?

¿Por qué no aparecía un taxi cuando más lo necesitaba?, pensó ella con rabia.

–¿Quieres quedarte a hablar con este imbécil o prefieres irte a casa? –le susurró Constantin al oído.

La llegada de otros dos periodistas la hizo decidirse. Fue con él hasta el coche y se montó en el asiento del copiloto.

–¿Sigues viviendo cerca de Tower Bridge?

Ella asintió. Miró hacia atrás y vio que sacaban fotos del vehículo.

–¿Ves lo que has hecho? –preguntó enfadada–. Nuestra supuesta relación aparecerá en todas las páginas de cotilleo. Tengo que avisar a Ryan. Puede crearle una situación violenta.

Constantin frunció el ceño.

–¿Te refieres a que va a ser violento que la prensa informe de que estás casada conmigo y al mismo tiempo tienes una relación con él? Se me parte el corazón, *cara*.

–Te he dicho mil veces que solo somos amigos.

–No has negado en ninguna entrevista que seáis amantes. Es evidente que tienes una relación muy estrecha con él.

Isobel perdió los estribos y alzó las manos, furiosa.

–Sí, reconozco que tenemos una relación muy estrecha. Quiero a Ryan, pero como a un hermano. Y él ha tratado de ocupar el puesto del hermano que perdí –afirmó sin poder controlar el temblor de la voz.

Constantin la miró sorprendido.

–No sabía que tuvieras un hermano. No me has hablado de él. Y tus padres tampoco me lo mencionaron cuando los fuimos a ver a Derbyshire.

Ella recordó la única vez que él había visto a sus progenitores. No habían ido a la boda porque su padre no pudo ir a Londres a causa de su mala salud. Después de volver del viaje de novios, fueron en coche a Eckerton, con sus filas de feas casas de mineros a la sombra de la mina abandonada.

Su madre se había sentido intimidada ante Constantin y no paró de hablar mientras les servía el té. Su padre se había comportado como siempre y apenas había abierto la boca. Isobel se había estremecido al mirar el pequeño salón con su alfombra gastada y sus viejos muebles e imaginar lo que estaría pensando Constantin de su infancia y de su padre. La visita había puesto de manifiesto la enorme brecha social que los separaba.

—Nunca hablan de Simon. Murió en un accidente a los catorce años, y mi padre prohibió a mi madre que dijera su nombre o que colgara fotos de él en la pared. Supongo que era su forma de enfrentarse a la tragedia de perder a un hijo. Tú te comportaste igual cuando perdimos a nuestra hija, negándote a hablar de ella.

—¿Qué le pasó a tu hermano?

—Era un tórrido día de verano y Simon y un grupo de amigos fueron a bañarse a un embalse cerca de donde vivíamos. Fue Ryan quien lo propuso, y jamás se ha perdonado a sí mismo. Mi hermano era muy temerario y, mientras los demás se quedaban cerca de la orilla, él nadó hacia dentro. Se cree que le dio un calambre. De pronto empezó a pedir ayuda a gritos. Cuando Ryan llegó a donde estaba, se había hundido. Ryan consiguió sacarlo a la superficie y llevarlo a la orilla. Intentó reanimarlo, pero Simon murió.

El nudo que tenía en la garganta casi la impedía hablar.

—Después, Ryan sufrió una fuerte depresión. Se sentía culpable, a pesar de que no tenía la culpa, ya que Simon siempre intentaba saltarse los límites.

Ryan y él eran amigo íntimos, y su muerte creó un vínculo entre nosotros para siempre. Pero Ryan y yo solo somos amigos. Está enamorado de su novia, con la que pronto se casará.

—Si eso es cierto, ¿por qué nos desmentisteis los rumores sobre vuestra relación?

Ella se encogió de hombros.

—Dijimos la verdad al afirmar que éramos buenos amigos. La prensa decidió que debía de haber algo más, pero no lo desmentimos porque, así, Emily, la novia de Ryan no se vería sometida al acoso de la prensa. Su padre es un famoso político que forma parte del gobierno. Si se hubiera sabido que su hija salía con Ryan, los paparazzi no los habrían dejado en paz.

—Así que, por lealtad a tu amigo, dejaste que los rumores continuaran. Te dio igual que yo me enterara de que mi esposa estaba con otro hombre. ¿No te pareció que debías ser leal conmigo?

—No, ya que no pasaba una semana sin que apareciera en lo periódicos una foto tuya con una hermosa mujer. ¿Cómo te atreves a acusarme de deslealtad cuando tú desfilabas públicamente con los miembros de tu... de tu harén?

No iba a reconocer lo que le había dolido verlo en esas fotos con otras mujeres. La realidad era que no había negado los rumores sobre su relación con Ryan con la esperanza de que Constantin se diera cuenta de que no lo echaba de menos.

Él aparcó frente al edificio donde ella vivía.

—Gracias por traerme. No entiendo por qué has cambiado de idea sobre el divorcio. Separarnos de forma definitiva es lo único razonable. Nuestro matrimonio ha terminado. La verdad es que habría sido mejor que no nos hubiéramos conocido.

–Eso no es lo que piensas. Estábamos bien juntos –afirmó él con voz ronca.

–En la cama, pero en el matrimonio tiene que haber algo más que sexo para que funcione. Confianza, por ejemplo. No te gustaba que los demás miembros del grupo fueran mis amigos. Y enseguida creíste que tenía una relación con Ryan. A veces tenía la impresión de que te hubiera gustado encerrarme en una torre y privarme de todo contacto humano. Y al mismo tiempo te mostrabas frío y distante.

Constantin recordó que su madrastra había acusado de lo mismo a su padre. ¿Se había sentido Isobel tan asfixiada por él como Lorena por su padre?

Isobel se bajó del coche y él la observó dirigirse hacia la entrada del edificio al tiempo que recordaba la amenaza de su tío de nombrar presidente de DSE a su primo Maurio.

Soltó un juramento mientras se bajaba del coche y seguía a su esposa. La alcanzó cuando, frente a la puerta, buscaba la llave en el bolso.

–Invítame a subir para que podamos hablar.

–No tenemos nada de que hablar.

Isobel agarró la llave con fuerza. Estaba a punto de derrumbarse y de cometer una estupidez como abrazar a Constantin y pedirle que la estrechara entre sus brazos y no la soltara jamás.

–Nos hacemos daño mutuamente.

–No es verdad, *tesorino* –dijo él.

Aquella forma afectuosa de llamarla, como había hecho al principio de su matrimonio, minó las defensas de Isobel.

Él la tomó por la cintura, la atrajo hacia sí y la besó con pasión. Ella pensó que eso siempre se les había dado bien: el sexo apasionado.

Isobel carecía de experiencia cuando lo conoció, pero él había descubierto sus deseos secretos y la había hecho alcanzar el éxtasis una y otra vez.

Se estaba derritiendo.

Sentía calor entre los muslos y su cuerpo exigía más de aquel placer exquisito que le provocaba la lengua de Constantin en el interior de la boca. Lo deseaba. Siempre lo desearía, pensó con desesperación.

Él le recorrió la mejilla con los labios.

—Invítame a subir —le susurró al oído—. Déjame recordarte lo bien que estamos juntos.

—¡No! El sexo no es la solución. En nuestro caso, era el problema. Nos deseábamos y, si solo hubiéramos tenido una aventura, el deseo se habría consumido tan deprisa como en tus relaciones con otras mujeres. Te sentiste obligado a casarte conmigo cuando me quedé embarazada. Nunca me olvidaré de Arianna, pero es hora de seguir adelante, Constantin.

Para ella era fácil decirlo, pensó él. Pero su carrera y su vida estaban a punto de desmoronarse si no conseguía hacerla volver con él. Era evidente que Isobel lo deseaba, pero para ella no era suficiente, y él sabía que era tan incapaz de satisfacer sus necesidades emocionales como dos años antes.

Isobel entró y se dirigió al ascensor, aliviada de que él no hubiera tratado de detenerla.

El portero la saludó.

—Buenas noches, señorita Blake. El paquete que esperaba no ha llegado.

–Gracias. Buenas noches, Albert.

Mientras subía a la cuarta planta trató de pensar en algo que no fuera Constantin. No tenía ni idea de por qué había decidido que no quería divorciarse. Ya no la intimidaba. Y aunque sospechaba que siempre lo querría, sabía que solo era un hombre; complejo, desde luego, y con defectos como ella. Por desgracia, no creía que pudieran resolver las diferencias que los habían separado.

Salió del ascensor y un sexto sentido le indicó que no estaba sola.

–¿Quién anda ahí?

–Hola, Izzy.

Un hombre salió de un recodo oscuro del pasillo y se dirigió hacia ella. No lo conocía, pero había reconocido su voz.

–¿David?

Era un hombre de mediana edad y de aspecto corriente.

–Sabía que te acordarías de mí. Estuvimos juntos en otra vida y lo estaremos en esta, cariño.

La extraña expresión de sus ojos produjo un escalofrío de miedo a Isobel.

–Son para ti –dijo el hombre entregándole una caja de cartón.

Isobel trató de mantener la calma y seguirle el juego. Abrió la caja. El dulce olor de los lirios blancos estuvo a punto de marearla.

–Son preciosos –murmuró mientras reprimía un escalofrío.

–Me recuerdas a un lirio blanco, hermoso y pura. Creía que eras pura –añadió David cambiando el tono de la voz– hasta que esta noche te he visto besar a un hombre.

Isobel tragó saliva.

–¿Estabas en la fiesta?

–¿Dónde iba a estar sino contigo, ángel mío? Me perteneces, Izzy.

El acosador dio un paso hacia ella. Isobel trató de calcular la distancia hasta la puerta de su piso. El hombre la miraba con un brillo maniaco en los ojos que le heló la sangre.

–Vente conmigo. Ha llegado el momento de que abandonemos esta vida terrenal.

El instinto de supervivencia de Isobel entró en acción. Le tiró la caja a la cara y echó a correr por el pasillo. El efecto sorpresa le dio unos segundos de ventaja. Oyó los pasos del acosador siguiéndola cuando llegaba al ascensor, que, por suerte, seguía en el cuarto piso. Pulsó el botón de apertura de puertas. Estas se abrieron lentamente. Una mano la agarró del hombro y ella gritó.

Desesperada, dio un codazo en el estómago al acosador, que la soltó gimiendo. Ella entró al ascensor y pulsó el botón de bajada. Tuvo una fugaz visión del rostro enloquecido del hombre antes de desaparecer de su vista.

¿Cómo había entrado David en el edificio? El portero siempre impedía la entrada a los visitantes.

–¿Pasa algo, señorita Blake? –preguntó Albert.

Ella no contestó. Vio la alta figura de Constantin iluminada por una farola mientras cerraba el móvil y se dirigía al coche. Isobel cruzó corriendo el vestíbulo.

–¡Constantin, espera!

Él se dio la vuelta y la vio llegar corriendo.

–¿Has cambiado de opinión y quieres que suba a tu piso, Isabella?

Su sonrisa se esfumó cuando contempló la expresión horrorizada de su rostro. La agarró cuando ella se lanzó literalmente a sus brazos y la estrechó mientras ella temblaba.

–¿Qué demonios...?

–Me estaba esperando en la puerta del piso. Es un hombre muy extraño –las palabras le salieron de forma atropellada e incoherente–. Quiere que me vaya con él y me ha reglado flores mortuorias.

Él la tomó de la barbilla.

–¿Quién te esperaba, *cara*?

–David, el hombre que me está acosando.

–¿Acosando? ¿Desde cuándo? ¿Por qué no me lo has dicho? Te hubiera puesto un guardaespaldas.

–No lo necesito –el terror que había sentido le pareció una reacción desproporcionada, y se avergonzó de haber mezclado a Constantin en aquello.

–Hace meses que me llama. He cambiado el número del teléfono fijo y el del móvil, pero no sé cómo se ha enterado de los nuevos. Dice que nos conocimos en uno de mis conciertos, pero no lo recuerdo. Cuando he salido del ascensor me lo he encontrado en el pasillo.

Isobel sintió un escalofrío al recordar la mirada enloquecida de David.

–Me ha dicho que ha llegado el momento de que abandonemos esta vida terrenal. No sé qué quería decir.

Constantin apenas podía contener la ira. Si se le ponía delante el tipo que la había asustado de aquel modo le quitaría las ganas de acosar a una mujer indefensa.

Ver los ojos brillantes de lágrimas de Isobel y darse cuenta de que no estaba tan tranquila como aparentaba fue lo único que evitó que saliera corriendo a buscar al intruso.

—Voy a llamar a la policía.

—Lo haré yo. Tengo un número directo para informar de cualquier incidente con el acosador.

Se quedó en el vestíbulo con Albert mientras Constantin subía a la cuarta planta. El portero afirmó tajantemente que nadie con esa descripción había entrado en el edificio.

La policía llegó para tomar declaración a Isobel. Un oficial se unió a Constantin en la búsqueda, sin resultado.

—Tiene que haber accedido al edificio por la escalera de incendios— afirmó uno de los policías.

Como el acosador no la había atacado ni amenazado, poco pudo hacer la policía, salvo aconsejar a Isobel medidas de seguridad.

Mientras acababa de declarar vio irse a Constantin. Deseó que se hubiera quedado un rato más para agradecerle su ayuda.

Cuando la policía se hubo marchado, se desmaquilló, se lavó la cara y se puso para dormir una de las camisetas de Constantin que se había llevado al abandonarlo. A pesar de que intentaba no pensar en el acosador, no podía evitarlo.

Como no iba a poder dormirse, decidió tomarse un vaso de leche y ver la televisión. Al entrar en el salón se detuvo y contuvo el aliento.

—¿Cómo has entrado?

Capítulo 5

CONSTANTIN se había quitado el esmoquin y desabrochado los botones superiores de la camisa. Estaba recostado en el sofá, con las piernas estiradas y los brazos cruzados en la nuca, en una actitud de indolente relajación que distaba mucho de la tensión que se apoderó de Isobel al mirar su hermoso rostro.

–Vi que salías y supuse que te habías ido a casa.

–Fui a recoger una cosa al coche y tomé prestada tu llave para poder entrar de nuevo. Estabas hablando con el policía, por lo que no me viste ir a la cocina –indicó con la cabeza la taza que había sobre la mesa de centro–. Te he preparado un té.

Isobel miró hacia la bolsa que había en el suelo.

–Siempre llevo una bolsa en el coche con lo necesario por si tengo que pasar una noche fuera.

Sin duda para cuando una mujer lo invitara a pasar la noche juntos, pensó ella, devorada por los celos.

El brillo juguetón de los ojos masculinos fue la gota que colmó el vaso.

–Espero que encuentres un sitio cómodo para pasar la noche.

Él se echó a reír y palmeó el sofá.

–Estoy seguro de que tu sofá es muy cómodo.

–No hay ningún motivo para que te quedes. Echaré la llave en las dos cerraduras, y el acosador no podrá entrar.

–Deja que me quede, *cara* –pidió él sonriendo.

–Esto es ridículo. No quiero que te quedes.

Él se levantó y se acercó a ella.

–Si me marcho, exigiré que me devuelvas las cosas que me pertenecen y que te llevaste sin permiso.

–¿Qué cosas? –ella se puso rígida cuando él le agarró el dobladillo de la camiseta, su camiseta, que le llegaba justo por debajo de las caderas. Contuvo el aliento cuando él comenzó a levantársela.

–¿De verdad quieres que te devuelva esta vieja camiseta? –preguntó ella con voz ahogada.

–Me gusta.

Si seguía levantándosela dejaría sus senos desnudos al descubierto. Ella suspiró al imaginar que se la quitaba y que le agarraba los senos con las manos. Sería una inconsciente si le dejaba seguir, pero ¿cuándo se había comportado de manera sensata en lo que se refería a Constantin?

Este estaba tentado de quitarle la camiseta, atraerla hacia sí y acariciarla para redescubrir cada curva y cada hueco de su cuerpo. Así era como siempre se habían comunicado mejor, pero el brillo de los ojos de Isobel le indicó que estaba a punto de derrumbarse. El acosador la había aterrorizado y lo que necesitaba en aquel momento era compasión, no pasión.

–Deja de luchar contra mí, Isabella –dijo él con suavidad–. Sabes que no ganarás. Siéntate y bébete el té antes de que se enfríe.

De pronto, las piernas se negaron a sostenerla y se dejó caer en el sofá. Él se sentó a su lado.

–He estado mirando las fotos –afirmó Constantin indicando las que había en la pared.

–Las hago para tener un recuerdo de cada ciudad en la que actúan las Stone Ladies. Normalmente tocamos solo una noche en cada una, pero tengo una lista de lugares a los que me gustaría volver para verlos con calma.

–Siempre me he preguntado por qué os llamáis las Stone Ladies cuando dos de los miembros del grupo son varones.

Ella sonrió.

–El nombre se refiere a un antiguo círculo de piedras situado cerca del pueblo donde todos nosotros nos criamos. La leyenda dice que a un grupo de damas de la corte les gustaba tanto bailar que el rey montó en cólera cuando lo hicieron en *sabbath* y, como castigo, las convirtió en estatuas de piedra. A todos los miembros del grupo nos gustaba la leyenda, ya que tuvimos tantas dificultades para tocar como las damas para bailar, porque no nos dejaban ensayar en nuestras casas. Mi padre quería que estudiara, no que cantara. Nuestros progenitores no entendían lo que significaba la música para nosotros. Pensaban que era una pérdida de tiempo.

–Supongo que, ahora, tu padre estará orgulloso de ti.

–Murió hace unos meses. No le interesaba mi música ni el éxito del grupo. No estuve a la altura de sus expectativas.

–¿En qué sentido?

–Mi hermano era su favorito. Simon era muy inteligente y pensaba ir a la universidad para estudiar Medicina. Mi padre estaba muy orgulloso de él. Se quedó destrozado cuando murió. Yo no pude sustituirle. No me interesaba la escuela, y mi padre se mofaba de mis sueños de vivir de la música. No fui la persona que mi padre deseaba.

Miró a Constantin.

–Cuando nos casamos, tampoco fui la persona que deseabas –afirmó con rotundidad.

Él frunció el ceño.

–No tenía expectativas sobre ti. Cuando nos casamos, esperaba que fueras feliz en tu papel de esposa. Pero no te bastó.

–Lo que deseabas era una seductora anfitriona que organizara cenas y fiestas e impresionara a tus invitados con su conversación ingeniosa y con su estilo –afirmó Isobel con amargura–. Fracasé como anfitriona. Además, la ropa que llevaba no era de mi estilo, sino la que tú decidías que me pusiera.

–Reconozco que hubo veces en que tu atuendo hippy no era adecuado. DSE es sinónimo de estilo y calidad suprema, por lo que necesitaba una esposa que me ayudara a representar las características de la empresa.

–Pero así era yo. La imagen hippy, como la denominas, era mi estilo. No te pareció mal cuando nos conocimos.

Constantin reconoció que, por aquel entonces, no se fijó mucho en su ropa porque lo único que deseaba era quitársela.

–Estabas dispuesto a convertirme en la esposa perfecta, del mismo modo que mi padre había tratado de convertirme en la hija perfecta. Pero ni a ti ni a él os interesaba como persona. Y, al igual que mi padre, tampoco tú te preocupaste por mi música ni me animaste en mi carrera de cantante.

Él apretó los dientes.

—Cuando nos casamos no estabas empeñada en ser cantante. Dijiste que seríamos felices viviendo en Londres y me diste la impresión de que estarías contenta siendo esposa y madre de nuestro futuro bebé.

Sus palabras atravesaron el corazón de Isobel como un puñal.

—Pero no pude ser madre —dijo con voz ronca—. Es cierto que en los primeros meses de casados solo pensaba en mi embarazo —«y en ti», pensó, recordando al hombre encantador y atento con quien se había casado—. Después de perder a Arianna me quedé sin nada. Por razones que no entendía, te habías convertido en un desconocido. Lo único que me quedaba era la música. Componer canciones y cantar con el grupo fue mi único consuelo en esos días terribles.

Tragó saliva para deshacer el nudo que tenía en la garganta. Volver al pasado siempre era doloroso, pero esa noche, después del miedo que había pasado, le resultaba insoportable.

—No tiene sentido que sigamos hablando —dijo levantándose bruscamente—. Debimos haberlo hecho hace dos años. Uno de los motivos por los que me marché fue por tu negativa a hablar de los asuntos importantes, como el aborto. Me sentía desolada y tú no me apoyabas.

Él también se levantó.

–Tal vez habríamos hablado más si hubieras estado más tiempo en casa. He perdido la cuenta de las noches en que volvía y habías salido con tus amigos –afirmó Constantin mirándola con frialdad–. No me eches toda la culpa. No pudimos resolver los problemas de nuestro matrimonio porque nunca estabas en casa.

Ella negó con la cabeza.

–Eras tú el que estabas ausente de nuestra relación. No en el sentido físico, sino en el plano emocional. Mis amigos me ofrecieron lo que tú eras incapaz de ofrecerme: apoyo emocional. Nunca nos diste la oportunidad de hablar de nuestros sentimientos ante la pérdida de nuestra hija. Incluso ahora, cuando menciono a Arianna, te cierras en banda.

–¿Qué sentido tiene volver una y otra vez a aquello?

Vio que ella se estremecía porque le había alzado la voz. Y tenía razón: el nunca perdía el control.

Solo una vez había visto a su padre emocionado. Fue el día del entierro de su madre. Constantin había visto descender el ataúd a la tumba sin derramar una lágrima, ya que su padre siempre le había dicho que los hombres de su familia no lloraban.

Más tarde, mientras subía a acostarse, oyó un sonido procedente del despacho de su progenitor, un sonido como el que emitiría un animal herido.

Miró por la puerta entreabierta y vio a su padre hecho un ovillo en el suelo y sollozando sin parar. Se asustó. A los ocho años de edad, decidió que no quería sentir semejante dolor, que no amaría a nadie tanto como para que su pérdida lo destruyera.

Volvió a la realidad y vio que Isobel lo miraba con amargura.

–Eres de piedra, ¿verdad? Pareces un hombre que lo tiene todo, pero eres una cáscara vacía, Constantin. No tienes sentimientos. Me das pena.

Sus palabras le dolieron. ¿Qué sabía ella de los sentimientos que ocultaba en su interior? En realidad, ¿qué sabía de él? Pero que no supiera nada era culpa suya, se dijo, ya que se había negado a demostrar sus emociones a Isobel por miedo a lo que pudieran revelar de sí mismo.

–No necesito que me compadezcas –dijo agarrándola de la muñeca y atrayéndola hacia sí–. Solo hay una cosa que necesito de ti. Insistes en que debiéramos haber hablado más, pero ninguno de los dos quería desperdiciar el tiempo hablando porque nos deseábamos.

–El sexo no hubiera resuelto los problemas –gritó ella mientras, asustada, trataba de soltarse.

Dos meses después del aborto, Constantin le pidió que hicieran el amor y ella se negó. Desde entonces, un abismo se abrió entre ellos. Él no se lo volvió a pedir.

En aquella época, ella estaba enfadada por su falta de apoyo. Pero, tal vez, lo que él pretendía era acercarse a ella de ese modo, ya que en la cama siempre se habían entendido perfectamente.

Mientras pensaba en el pasado, se había olvidado del peligro que corría. ¿Cuándo había deslizado Constantin el brazo por su cintura? Él la atrajo hacia sí y la rodeó con el otro brazo estrechándola con fuerza. Ella lo miró a los ojos, pero su exigencia de que la soltara murió antes de que pudiera pronunciarla cuando la boca de él se acercó a la suya con sus propias exigencias y la besó con fuerza, pasión y maestría.

Él deslizó una mano hasta sus nalgas y le apretó la pelvis contra su excitada masculinidad. A ella le resultó vergonzosamente excitante. Bajo una fachada civilizada, Constantin era un hombre primitivo y apasionado. Hacía tanto que no lo sentía en su interior...

Ese pensamiento debilitó su resolución de resistirse, y, cuando él deslizó la mano bajo el dobladillo de la camiseta y le acarició el estómago, ella contuvo el aliento y deseó que subiera la mano y le acariciara los senos.

Él le rozó un pezón con el pulgar y ella ahogó un grito. Él aprovechó que había abierto la boca para introducirle la lengua. Todos sus sentidos se vieron inundados por él. Recordó la primera vez que habían hecho el amor y que estaba abrumada por las reacciones de su cuerpo inexperto.

Constantin pasó al otro seno y le acarició el pezón con dos dedos, lo cual le produjo una exquisita sensación que hizo que lanzara un gemido y echara el cuello hacia atrás para que él lo recorriera con los labios. Él tiró del cuello de la camiseta para besarle la clavícula.

—¡Por Dios! ¿Qué te ha pasado en el hombro?

Isobel había notado al desvestirse para acostarse que se le estaba comenzando a formar un cardenal.

—El acosador me agarró mientras corría hacia el ascensor, pero conseguí soltarme.

Se estremeció al recordar los terribles momentos

antes de que las puertas del ascensor se cerraran y el rostro de David crispado de furia.

Constantin vio el miedo reflejado en sus ojos y sintió ira hacia el acosador y hacia sí mismo. Isobel había corrido a su encuentro en busca de ayuda. La amarga verdad era que, lejos de estar a salvo con él, suponía un peligro para ella.

Sus celos infundados de Ryan eran la prueba de que había heredado el monstruo que poseía a su padre. La única manera de controlarlo era evitar que despertara.

Entonces, ¿qué demonios hacía acariciando a Isobel?

Se apartó de ella y se mesó el cabello.

—Pasaré la noche aquí —afirmó con brusquedad.

Le daba igual lo que ella dijera. Su hombro magullado era un recordatorio del terror que debía de haber sentido cuando el acosador la había abordado.

Frunció el ceño al recordar algo que ella le había dicho después del ataque.

—¿A qué te referías al decir que el acosador te había regalado flores funerarias?

—Ah, los lirios blancos. Supongo que David no tenía intenciones siniestras, pero, desde el funeral de mi hermano, odio los lirios blancos. La iglesia estaba llena de ellos. El recuerdo más intenso que guardo de aquel día es el perfume de los lirios, que desde entonces asocio con la muerte.

—No tenía ni idea de que no te gustaran.

Recordó que le había llevado al hospital un ramo después del aborto. No era un gesto adecuado después de haber perdido al bebé, pero no sabía qué otra cosa hacer. Se sentía incapaz de consolarla.

Fuera de la habitación, oyéndola sollozar, el corazón se le había hecho pedazos. Pero desde la infancia había aprendido de su padre a reprimir las emociones, por lo que fue incapaz de responder a Isobel como ella necesitaba y de manifestar que él también estaba destrozado por la pérdida de su hija.

Cuando encontró el ramo de lirios en la papelera le pareció la prueba de que ella lo culpaba del aborto. Era como si al rechazar las flores lo rechazara a él. Pero tal vez las hubiera tirado porque era incapaz de soportar los tristes recuerdos que le traían de su hermano.

Observó el rostro pálido de Isobel y, después, consultó el reloj y se sorprendió al ver que eran las dos de la mañana.

—Será mejor que trates de dormir. Esta noche estás a salvo.

Isobel reprimió una amarga risa. ¿No se daba cuenta Constantin que rechazarla bruscamente como acababa de hacer era cien veces más doloroso para ella que la herida que le había causado el acosador?

Se sonrojó al recordar cómo la había traicionado el cuerpo y se le ocurrió que tal vez él lo hubiera hecho a propósito para humillarla.

De pronto se sintió sobrepasada por la situación. No quería que él estuviera en su casa, pero sabía que sería inútil pedirle que se marchara.

—Hay una almohada y una manta en el armario del vestíbulo.

Sin añadir nada más y sin volverlo a mirar, se fue

a su habitación y cerró la puerta que, por desgracia, no tenía cerradura. Pero no había ninguna posibilidad de que Constantin intentara entrar, teniendo en cuenta cómo había rechazado hacerle el amor.

Estaba exhausta. Su último pensamiento al apoyar la cabeza en la almohada fue que era tarde para recuperar la felicidad que habían compartido.

El sofá de Isobel probablemente era muy cómodo como tal, pero no para que durmiera en él un hombre de la altura de Constantin. Aunque, tal vez la mala noche que había pasado no se debiera únicamente al sofá, pensó mientras se levantaba y se acariciaba el mentón. La excitación le había impedido dormir, por lo que se había dedicado a revivir lo sucedido en las horas anteriores.

Isabel tenía parte de razón al acusarlo de no haber entendido que buscara consuelo en la música. Se había sentido celoso de que buscara la compañía de sus amigos, pero era cierto que no la había apoyado cuando lo había necesitado, debido a su incapacidad para manifestar sus sentimientos.

A pesar de los problemas de su matrimonio, no se había imaginado que lo fuera a abandonar. Isobel había rehecho su vida y no lo necesitaba ni económica ni emocionalmente.

Pero la noche anterior lo había necesitado.

Era significativo que, al huir del acosador, no le hubiera dicho al portero que llamara a la policía, sino que hubiera corrido hacia él en busca de ayuda.

Y la forma en que había respondido cuando la había besado era otra prueba de que le importaba mucho más de lo que estaba dispuesta a reconocer.

Por otro lado, la amenaza de su tío de nombrar presidente de DSE a su primo Maurio lo obligaba a seguirle el juego. La realidad era que tenía que demostrar a su tío que se había reconciliado con su esposa. El incidente con el acosador le había ofrecido la oportunidad de acercarse a Isobel y convencerla de que le diera otra oportunidad. Solo él sabría que la reconciliación sería temporal.

Capítulo 6

EN CUANTO abrió los ojos, Isobel recordó lo sucedido la noche anterior.

Era increíble, pero había dormido como un tronco, sin soñar con el acosador.

Se dio la vuelta en la cama y entrecerró los ojos porque el sol entraba por la ventana, lo cual la extrañó, ya que recordaba haber corrido las cortinas.

–Siento haberte despertado –dijo Constantin desde la puerta.

Ella se sobresaltó al ver que se acercaba a la cama con una taza de té que dejó en la mesilla.

Isobel pensó que era injusto que, incluso después de haber dormido en el sofá, pareciera recién salido de una revista de moda, con su traje gris claro hecho a medida, su cara camisa blanca y la corbata azul, que hacía juego con sus ojos.

–No importa. Ya es hora de que me levante –el reloj indicaba que eran las nueve y media–. No suelo dormir hasta tan tarde.

Él se encogió de hombros.

–Tuviste una noche agitada.

Ella pensó que se refería a la pasión que se había desatado entre ambos cuando la había besado. Pero él se había negado a poseerla y a aceptar lo que le ofrecía. Por eso se quedó sorprendida por lo que dijo a continuación.

–Tengo que ir a Nueva York hoy. Lo habría anulado, pero ha surgido un problema que requiere mi presencia. Quiero que vengas conmigo. El acosador anda suelto y la policía no tiene muchas pistas sobre su paradero. Creo que no debieras quedarte sola hasta que lo encuentren.

Se sentó en el borde de la cama y su proximidad aumentó las pulsaciones de Isobel. Contuvo el aliento cuando él agarró un mechón de cabello y se lo enrolló en el dedo.

–Mi preocupación por tu seguridad no es la única razón de que quiera que me acompañes a Estados Unidos –murmuró–. ¿Y si volvemos a empezar, Isabella? Cuando acabe lo que tengo que hacer en Nueva York, podríamos pasar unos días allí para volver a conocernos.

Su atractiva sonrisa estuvo a punto de ser la perdición de Isobel. Una parte de ella deseaba con desesperación aceptar su propuesta, pero se dio cuenta de que no le sonreía con los ojos, y, bajo su encantadora apariencia, lo notaba reservado.

Aquel cambio inesperado sobre su matrimonio levantó sus sospechas.

–¿Por qué? –le preguntó con frialdad.

A él le sorprendió la pregunta. Era evidente que la nueva Isobel ya no estaba loca por él como cuando se casaron. Para convencerla de que se reconciliaran tendría que ser más abierto con ella.

–Reconozco que muchos de los problemas que nos llevaron a separarnos se debieron a que no quería hablar de mis sentimientos, especialmente sobre los referentes a la pérdida de la niña. Me educaron para ocultar mis emociones, y ese hábito se prolongó durante mi vida adulta.

—Tu actitud hacia mí cambio cuando perdí al bebé —afirmó ella con voz ronca—. No entendía por qué. Al principio éramos felices. Pasábamos mucho tiempo juntos, y no solo en la cama.

Lanzó un suspiro antes de proseguir.

—Perder al bebé me dejó destrozada. Pero las cosas habían cambiado, tú habías cambiado antes del aborto. En Italia, cuando estábamos en Casa Celeste, de pronto dejaste de ser el hombre con el que me había casado.

Recordó la lujosa villa a orillas del lago Albano. Casa Celeste llevaba cuatrocientos años en manos de la familia De Severino, pero Constantin prefería vivir en un piso moderno en el centro de Roma o, cuando estaba en Londres, en la casa de Grosvenor Square.

Cuando Isobel visitó por primera vez Casa Celeste se quedó anonadada: parecía un museo. Constantin le explicó que su padre había sido un ávido coleccionista de arte y antigüedades.

Al preguntarle sobre su padre, Constantin apretó los labios, lo cual hizo pensar a Isobel que su relación no había sido buena.

—Tuve la sensación, cuando estábamos en la villa, de que creías que nuestro matrimonio había sido un error. Yo no encajaba en tu sofisticado estilo de vida, no era una mujer que figuraba en sociedad como aquellas a las que estabas acostumbrado. Me parecía que te avergonzabas de mí.

Él la miró con genuina sorpresa.

—Eso es ridículo.

—¿En serio? Entonces, explícame por qué te volviste un desconocido en ese viaje, alguien frío y distante.

Él frunció el ceño.

—Eso fue producto de tu imaginación.

—Dormiste en otra habitación, en el otro extremo de la casa.

—Me fui a otro dormitorio porque te sentías incómoda por lo avanzado de tu embarazo y tenías mucho calor si compartíamos la cama.

Isobel no lo creyó, ya que recordaba lo bien que funcionaba el aire acondicionado de la villa. Entonces, la única razón que se le ocurrió de que él hubiera insistido en que durmieran en habitaciones separadas fue que había dejado de resultarle atractiva a causa de su embarazo. A ella le encantaba su vientre redondo, pero, al poner la mano de Constantin en él la primera vez para que sintiera al bebé moverse, él se había puesto tenso y la había retirado.

Esa reacción la había sorprendido porque, unos días antes de ir a Italia, él la había acompañado a hacerse una ecografía y los rasgos se le habían dulcificado al ver a su hija en la pantalla. Estaba perfectamente formada y sana, y el corazón le latía con fuerza. No había razón alguna para que el embarazo no siguiera adelante, ninguna señal de lo que sucedería días después de llegar a Casa Celeste.

—Estabas inquieto en la villa —insistió ella.

Habían ido a Italia porque él tenía que asistir a una reunión en las oficinas centrales de DSE en Roma.

Era agosto y, a Isobel, el calor le resultaba insoportable, por lo que se habían mudado a Casa Celeste, donde hacía más fresco. En el momento en que entraron en la casa, ella notó un cambio en Constantin.

La primera noche, a Isobel la habían despertado los gritos de él en sueños, pero él atribuyó la pesadilla al hecho de haber bebido vino en exceso, y le dijo que no recordaba lo que había soñado.

A partir de entonces, él durmió en otra habitación, pero ella estaba segura de que aquellos sueños continuaron.

—Tenías pesadillas. Te oía gritar en sueños.

Él se encogió de hombros.

—Recuero que tuve una pesadilla la primera noche y que había bebido mucho vino, cuyo sabor me pareció extraño. Supongo que se había echado a perder, lo cual explicaría mi agitado sueño.

—No, también las tuviste otras noches. Gritabas como un animal herido. Tenían que ser sueños horribles.

Constantin se puso tenso.

—¿Cómo me oías? Mi habitación estaba lejos de la tuya y los muros de Casa Celeste son muy gruesos.

Ella se sonrojó y deseó no haber iniciado aquella conversación.

—Una noche estaba al lado de la puerta de tu dormitorio y te oí gritar. No tenía sentido lo que decías. Repetías sin parar: «Era lo que quería hacer. Quería matarla». No sabía a qué te referías, y supuse que soñabas.

Constantin sabía perfectamente lo que significaban sus sueños, pero no tenía intención alguna de explicárselo.

–¿Por qué habías ido a mi habitación? ¿Te sentías mal?, ¿estabas preocupada por el bebé?, ¿notaste algo que te indicara que el embarazo no iba bien?

–No, nada de eso. Fui a tu habitación porque quería que hiciéramos el amor.

Ella observó un destello de una emoción indefinible en los ojos de Constantin, cuyos labios esbozaron una sonrisa de satisfecha arrogancia.

–¿Por qué te sorprende? Hasta el viaje a Italia, nuestra vida amorosa había sido apasionada.

–Sí, ciertamente demostraste la falsedad de la teoría de que el embarazo puede tener un efecto negativo en la libido femenina.

Constantin la recordó en el segundo trimestre de embarazo. Ya no tenía náuseas matinales y la piel le resplandecía, el cabello le brillaba y su cuerpo había desarrollado curvas exuberantes que a él le resultaban muy excitantes. El embarazo había incrementado el goce del sexo por parte de ella, lo cual a él le provocaba un intenso placer.

Antes de ir a Italia hacían el amor todas las noches, pero la reaparición de las pesadillas le recordó que no debía haberse comprometido con ella.

–No me avergüenza reconocer que echaba de menos el sexo cuando decidiste que durmiéramos en habitaciones separadas –afirmó Isobel.

Habían dormido así varias noches, antes de que ella perdiera el bebé. Después, la vida ya no volvió a ser la misma. Al regresar a Londres, él había tratado de consolarla, sin resultado, y pensó que se merecía que lo rechazara.

–¿Por qué no entraste en la habitación y me dijiste que querías hacer el amor?

Ella se encogió de hombros.

–No pude.

No quería decirle que había tenido miedo de que la rechazara a causa del embarazo.

–Cuando me di cuenta de que tenías una pesadilla, pensé en despertarte, pero dejaste de gritar y me pareció que lo mejor era no molestarte.

La voz comenzó a temblarle.

–Dos días después perdí al bebé y dejó de haber razones para seguir juntos. La semana pasada me dijiste que te casaste conmigo porque estaba embarazada. Por eso me sorprende que me pidas que volvamos a empezar.

–De todos modos, no puedo ir a Nueva York. He compuesto nuevas canciones para el próximo álbum del grupo y vamos a ir al estudio de grabación esta semana.

–¿No podrías aplazar la sesión de grabación?

–No. Interviene mucha más gente: ingenieros de sonido, técnicos del estudio... Somos músicos profesionales –afirmó ella en tono seco–. Mi carrera es tan importante para mí como lo es DSE para ti.

Constantin se esforzó en ocultar su irritación.

–Soy consciente de que tu carrera con las Stone Ladies es tu máxima prioridad, pero el acosador te hizo daño anoche al tratar de agarrarte. Supongo que te tomarás en serio tu seguridad.

–Por supuesto, y te agradezco tu interés. Pero no

es necesario. Anoche le envié un SMS a Ryan contándole lo del acosador, y me ha invitado a pasar unos días con él y con Emily.

Miró el reloj de la mesilla.

—De hecho, no tardarán en llegar a recogerme. Ryan me ha dicho que llamará dos veces al timbre para que sepa que es él.

Constantin sintió el aguijón de los celos, a pesar de saber que el guitarrista se había comprometido con su novia. Recordó que Lorena, la segunda esposa de su padre, lo acusaba de estar celoso de cualquier hombre que la mirara.

Los celos que él sentía de los amigos de Isobel demostraban que no era mejor que su progenitor. Era probable que un monstruo impredecible y violento habitara en su interior, como le había sucedido a su padre.

La idea le produjo náuseas.

Revivió la imagen de Franco extendiendo una mano hacia Lorena mientras estaban en el balcón. Unos segundos después, ella cayó al vacío. El grito que lanzó perseguiría a Constantin eternamente.

El timbre de la puerta sonó dos veces, y Constantin volvió a la realidad.

—Ha llegado la caballería —afirmó en tono sardónico.

Se levantó y se dirigió a la puerta, pero se detuvo en el umbral.

—¿Me prometes que tendrás cuidado, *piccola*?

¿Cómo podía parecer a Isobel que se preocupaba por ella cuando sabía perfectamente que no le importaba nada?

Se encogió de hombros.

–Te lo prometo.

–*Bene* –dijo él con voz suave y una sonrisa que la dejó sin respiración.

Isobel cerró los ojos. Cuando los abrió, él ya se había ido.

–¡Isobel! –la voz aguda de David temblaba de furia–. He leído en la prensa que estás casada. Pero eres mía, Izzy. No debieras haber permitido que otro hombre te pusiera las manos encima. Me has traicionado y debes pagar por ello, zorra...

Isobel pulsó con dedos temblorosos la tecla para finalizar la llamada mientras el acosador le lanzaba una retahíla de obscenidades. Era la primera vez que la amenazaba de verdad, pero la policía seguía sin dar con él y no podía hacer nada para ayudarla.

Isabel se sentía acosada y cada vez más preocupada. A pesar de que había cambiado de nuevo el número del móvil, David lo había vuelto a averiguar.

El día después de la cena de solidaridad habían aparecido en la prensa fotos de Constantin y ella besándose en la pista de baile, y las columnas de cotilleo se explayaban sobre el hecho de que estaban casados y especulaban sobre el estado de su relación.

Las llamadas de David se habían reanudado y eran cada vez más amenazadoras.

–¿Estás segura de que estarás bien mientras Emily y yo nos vamos al Caribe? –le preguntó Ryan acercándose a ella, que estaba sentada en el jardín de la casa de su amigo–. Puedes quedarte hasta que la policía atrape al chiflado que te persigue. ¿Te ha vuelto a llamar? A Emily no le importaría que pospusiéramos el viaje.

–No me ha vuelto a llamar –mintió ella–. Y no quiero que cambiéis de planes.

Ryan la observó preocupado.

–No me gusta la idea de que vuelvas a tu casa. Preferiría que fueras a la de Carly y Ben.

–Tendría que contarles lo del acosador. No quiero molestarlos.

Le sonó el móvil y se sobresaltó. Miró la pantalla y suspiró aliviada al reconocer el número, al tiempo que se le aceleraba el pulso.

–¿Se ha puesto en contacto contigo el acosador desde que hablamos ayer? –le preguntó Constantin sin más preámbulos y sin responder a su pregunta sobre el tiempo que hacía en Nueva York–. Supongo que le habrás dicho a la policía que ha averiguado tu nuevo número y que te ha llamado varias veces esta semana.

–Les he informado de las llamadas.

–¿Te ha llamado hoy?

No podía decirle la verdad con Ryan escuchando la conversación, ya que sabía que cancelaría sus vacaciones.

–No, hoy no. Igual se ha cansado de jugar –afirmó con despreocupación fingida.

–No creo que esté jugando –dijo Constantin con sequedad–. Deberías dejarme contratar a un guardaespaldas para protegerte mientras ese hombre suponga una amenaza.

–No exageres. No quiero llevar guardaespaldas.

Él, irritado, lanzó un suspiro.

–Sé que no quieres aceptar mi ayuda, pero, en este caso, tu empeño en ser independiente es ridículo.

Isobel estaba al borde de un ataque de nervios después de la llamada de David, por lo que montó en cólera.

–No soy una niña, sé cuidarme. No tienes que preocuparte. Voy a visitar a mi madre en Derbyshire. Creo que se siente sola al haber perdido a mi padre. Tal vez el acosador pierda interés al no estar yo en Londres.

Al darse cuenta de que podría pasarse todo el día discutiendo con Constantin, añadió con rapidez:

–Tengo que colgar. Espero que todo vaya bien por allí –afirmó en tono conciliador antes de finalizar la llamada.

Al llegar en coche a su casa, Isobel saludó al nuevo portero, al que había conocido dos días antes cuando Ryan la había acompañado a recoger el correo. El portero le dijo que se llamaba Bill y que era un militar jubilado que había sido campeón de boxeo de su regimiento.

Una rampa conducía al garaje que había bajo el edificio. Aparcó en su plaza, se bajó del coche y abrió el maletero para agarrar la bolsa de viaje que se había llevado a casa de Ryan.

Al otro lado del aparcamiento se encendió un motor. Isobel vio por el rabillo del ojo una camioneta blanca que se dirigía hacia ella, pero no le prestó atención. Cerró el maletero y se dio la vuelta para dirigirse al ascensor.

La camioneta le bloqueaba el paso. El conductor se bajó de un salto.

—¡Tú! —gritó ella.

David no respondió. La miró con expresión enloquecida y, por fin, habló con voz amenazadora.

—Tienes que venir conmigo, Izzy.

Isobel vio que la puerta trasera de la camioneta estaba abierta y que había un rollo de cuerda en su interior. El miedo la paralizó, pero, cuando David la agarró por los brazos, reaccionó instintivamente y le dio una patada en la espinilla. Él gritó, pero la agarró con más fuerza, jadeando.

—Serás mía eternamente. La muerte nos unirá para siempre.

—¡Suéltame!

Isobel luchó con todas sus fuerzas mientras él trataba de introducirla en la camioneta. No había nadie en el garaje que pudiera ayudarla.

David la empujó con violencia hacia el interior del vehículo. Estaba aterrorizada.

Impulsada por la desesperación, se defendió como una fiera dándole patadas hasta que consiguió que la soltara entre juramentos. Él comenzó a pegarle.

Isobel oyó pasos y una voz masculina que gritaba.

Los golpes del acosador cesaron y apareció la imponente figura de Bill, el portero.

—¡Suelta a la señorita!

Dando un rugido de furia, David intentó lanzarla dentro de la camioneta. La cabeza de Isobel chocó contra el borde de la puerta con tanta fuerza que perdió el conocimiento.

Capítulo 7

VEINTICUATRO horas después del ataque, el médico del hospital al que la habían llevado en ambulancia explicó a Isobel que, después de una conmoción cerebral, era normal que le doliera la cabeza.

–Ha pasado la noche aquí en observación. Si se le nubla la vista o comienza a vomitar, debe volver al hospital. Solo estuvo inconsciente unos minutos, por lo que no debiera haber lesiones.

Isobel asintió e hizo una mueca de dolor por haber movido la cabeza. De todos modos, había salido bien parada. Los cardenales de los brazos, las costillas y la sien desaparecerían, y el personal médico le había asegurado que la sensación de náusea y las ganas de llorar eran consecuencia del shock.

–Es increíble que te haya sucedido algo tan terrible –dijo Carly por décima vez–. Menos mal que el nuevo portero vio por el circuito cerrado de televisión que te estaban atacando y corrió a rescatarte. Debieras haberme contado lo del acosador.

–No quería preocuparte.

Ben y Carly se habían apresurado a ir al hospital en cuanto supieron lo que había pasado. Mike Jones, el mánager de las Stone Ladies, y otros amigos habían ido a verla. Ryan la había llamado por teléfono al enterarse, pero ella consiguió que no suspendieran las vacaciones y volvieran a Londres.

Se sentía agradecida por el interés de todos, aunque deseaba estar sola y tranquila.

Cerró los ojos, pero el sonido de una voz familiar hizo que los volviera a abrir. Se le contrajo el estómago al ver a Constantin en la puerta. Durante unos segundos pareció que solo existían ellos dos en el universo, unidos por una fuerza imposible de describir.

—¡Por Dios, Isabella!

A ella la alarmó su aspecto demacrado. Llevaba la chaqueta arrugada, como si hubiera dormido con ella puesta.

—¿No estabas en Nueva York?

—Tomé el avión de vuelta en cuanto me llamó Carly.

Isobel lanzó una mirada de reproche a su amiga.

—No hacía falta que... —Constantin la interrumpió.

—Claro que hacía falta. Soy tu esposo y, por tanto, tu familiar más próximo.

No le dijo que, al enterarse del ataque, el corazón le había dejado de latir durante lo que le pareció una eternidad.

Entró en la habitación, se acercó a la cama. Isobel tragó saliva mientras él le acariciaba suavemente con un dedo la frente inflamada.

—Menos mal que Bill apareció antes de que te hiciera más daño.

—¿Cómo sabes el nombre de mi portero?

—Bill Judd es un guardia de seguridad. Como no

me dejaste que te pusiera un guardaespaldas, encargué a Bill que vigilara tu casa por si volvía el acosador. No sabía que habías aprendido a conducir durante nuestra separación, por lo que Bill no esperaba que bajaras al garaje. Por suerte, llegó antes de que el acosador te metiera en la camioneta, pero no con la suficiente rapidez para evitar que te hiciera daño.

Isobel percibió un tono extraño en su voz, como si se esforzara por reprimir la emoción. Pensó que se lo estaba imaginando, ya que sabía que su esposo no se dejaba dominar por ella.

—¿Tienes el pasaporte aquí?

Ella lo miró perpleja.

—Lo tengo en el bolso. Siempre lo llevo conmigo.

—Muy bien, porque así no tendremos que pasar por tu casa de camino al aeropuerto.

—Un momento. ¿Para qué necesito el pasaporte?

—Mi jet está repostando para llevarnos a Roma —Constantin le lanzó una mirada fiera cuando ella abrió la boca para protestar—. No te molestes en discutir, *cara*. El acosador huyó, y ahora sabemos que está trastornado y que es peligroso.

—¿Crees que volverá a atacar a Izzy? —preguntó Carly.

—¿Cómo consiguió escapar? —preguntó Isabel con voz temblorosa—. Antes de perder el conocimiento vi que el portero, o lo que fuera, lo agarraba.

—Llevaba un cuchillo. Se lo clavó a Bill en la mano y huyó. Bill avisó inmediatamente a la policía, que encontró la camioneta abandonada cerca de tu casa. Por desgracia, todavía no lo han encontrado, aunque saben que se llama David Archibald. Lo han identificado gracias a la grabación del circuito cerrado de televisión. Era conserje de las oficinas del mánager de las Stone Ladies. Supongo que miraría los archivos personales y los registros informáticos cuando los trabajadores se marcharan, y así supo tu número de teléfono y dónde vivías. Ese hombre tiene un historial de conducta psicótica, y la policía cree que supone una amenaza para tu seguridad.

—Izzy, debes irte con Constantin hasta que la policía lo detenga —afirmó Carly con rotundidad.

—No te preocupes. Cuidaré de ella —la tranquilizó Constantin.

Después de hacer que Isobel les prometiera que aceptaría la ayuda de Constantin, Ben y Carly se marcharon.

—No hay motivo alguno para que me vaya a Italia contigo —dijo Isobel en cuanto se hubieron quedado solos—. Es sensato que no vuelva a mi casa hasta que la policía encuentre al acosador, pero ¿por qué no puedo quedarme en la casa de Grosvenor Square?

—Whittaker está de vacaciones y yo tengo que ir a la oficina central de DSE para supervisar un nuevo proyecto. En Roma, conmigo, estarás a salvo.

Ella hizo una mueca.

—No eres responsable de mí. Además, tengo que estar aquí para trabajar.

—He hablado con tu mánager. Habéis acabado de grabar las canciones del nuevo álbum y el siguiente concierto no lo dais hasta septiembre. En este caso, soy responsable de ti, Isabella.

Constantin apretó los dientes.

—Me siento responsable del ataque. El acosador

comenzó a comportarse de forma agresiva después de ver en la prensa las fotos en que nos besábamos. Eso, unido a que publicaban que eras mi esposa, fue suficiente para sacarlo de sus casillas.

Se inclinó hacia a ella y la agarró de la barbilla.

–Nunca me perdonaré el haberte puesto en peligro. Si es necesario, te sacaré en brazos de aquí y te subiré al avión.

Sus ojos brillaron al contemplar la palidez del rostro de Isobel y el color cárdeno de la frente magullada.

Había leído el informe médico. Podía haber sido peor. Se estremeció al pensar lo que habría pasado si el acosador la hubiera secuestrado.

–No te resistas, *tesorino* –murmuró.

A ella le dolía todo y se sentía como si hubiera participado en un combate de boxeo. No tenía energía física ni mental para enfrentarse a Constantin, sobre todo cuando su rostro se hallaba tan cerca del suyo. Los ojos se le llenaron de lágrimas. Él ahogó un gemido antes de besarla en los labios.

Después del terror que había experimentado al ser atacada, la sensación de seguridad que sintió en los brazos de Constantin debilitó su resistencia, por lo que se limitó a abrir la boca ante la suave presión de la de él y se entregó al placer del beso.

El recuerdo de la ternura de ese beso permaneció en Isobel de camino al aeropuerto. Había tomado analgésicos para el dolor de cabeza y, cuando el avión hubo despegado, se recostó en el asiento y cerró los ojos. Unos segundos después, los abrió porque Constantin le había desabrochado el cinturón y la había tomado en brazos.

Lo miró un poco atontada, a causa del efecto de los analgésicos.

−¿Qué haces?

−Llevarte a la cama −dijo él mientras la llevaba a la parte trasera del avión, donde estaba el dormitorio, provisto de una cama de matrimonio.

−¡De ningún modo! He accedido a ir a Roma contigo, eso es todo.

Lo fulminó con la mirada cuando él la tumbó en la cama, pero su traicionero corazón se aceleró al ver que él se quitaba los zapatos y se echaba a su lado. Se incorporó para sentarse y lanzó un gemido de dolor.

−Tranquilízate −dijo él mientras la empujaba con suavidad para que volviera a tumbarse−. Llevo treinta y seis horas sin dormir. Cuando Carly me llamó para decirme lo que te había ocurrido, me preocupé mucho.

No podía describirle la mezcla de temor por su bienestar y de furia contra su atacante que había experimentado, por no hablar de la ira hacia sí mismo por ser la posible causa desencadenante del ataque al haber besado a Isobel en público.

−Estoy molido. Cuando te haga el amor, quiero estar bien despierto y lleno de energía.

Isobel frunció el ceño.

−¿No querrás decir «si te hago el amor» en vez de «cuando te haga el amor»?

Él enarcó una ceja.

−Ambos sabemos que podría tener sexo satisfactorio contigo en cualquier momento que lo desee. Pero estoy dispuesto a esperar a que reconozcas que soy el único hombre que te fascina.

El enfado de Isobel le dio energía suficiente para agarrar una almohada y golpearlo con ella.

–¡Tienes un ego enorme!

Él se echó a reír mientras le quitaba la almohada y tiraba de Isobel hasta colocarle la cabeza sobre su pecho. La abrazó y la atrajo hacia sí.

–No es lo único enorme que tengo –susurró con malicia.

A su pesar, Isobel esbozó una sonrisa. Recordó que al principio de su matrimonio, él la hacía reír. Se divertían juntos.

¿Qué les había pasado?

Todo había comenzado a torcerse en Casa Celeste, cuando su encantador marido se había vuelto un desconocido.

La casa que Constantin tenía en Roma era un ático en el centro de la ciudad con vistas a la Piazza Navona y sus famosas fuentes.

Isobel había estado allí por primera vez cuando él la invitó a pasar el fin de semana. Al llegar al ático se había sentido abrumada por el lujo que reinaba en él, pero aún más la había abrumado Constantin. Había sido encantador, y le había quitado la timidez al tiempo que la desnudaba para después hacerla perder la virginidad.

Mientras recorría el ático, Isobel sintió pena por la niña inocente que había sido tres años antes, la que se había enamorado como una tonta de su amante italiano.

¡Qué ingenua había sido al creer que él la correspondería!

La triste realidad era que había sido una más para él hasta que se enteró de que estaba embarazada, motivo que lo había obligado a casarse con ella. Pero Isobel nunca se había sentido a gusto con el título de marquesa De Severino. Se sentía una impostora entre sus amigos aristócratas.

Constantin la condujo a una de las habitaciones de invitados, en vez de a su dormitorio, lo cual supuso un alivio para ella, que no quería poner a prueba su burlona afirmación de que podía llevársela a la cama cuando quisiera.

—Conservo la ropa que dejaste hace dos años —afirmó él mientras abría un armario donde colgaban elegantes vestido de diseño que ella había llevado cuando tenía que acompañarlo a actos sociales.

Isobel solo tenía consigo la bolsa de viaje que se había llevado a casa de Ryan y la ropa que llevaba puesta cuando sufrió el ataque.

Observó el jarrón con rosas amarillas que había en el tocador.

—Le pedí al ama de llaves que las pusiera ahí. Sé que son tus preferidas.

—Lo recuerdas —murmuró ella sintiendo unas enormes ganas de llorar—. Son preciosas. Gracias.

Él hizo una mueca.

—Tal vez no debiera haberlo hecho, ya que te desagrada aceptar todo lo que provenga de mí. Supongo que acabarán en el cubo de la basura.

A ella le sorprendió la amargura de su voz.

—¿A qué te refieres?

—Al marcharte, dejaste todo lo que te había comprado, incluso el collar de diamantes que te había regalado por tu cumpleaños.

Isobel recordó que él se lo había puesto la noche de su cumpleaños, cuando estaban a punto de dar una cena para uno de los socios de Constantin. Este le había dicho que los diamantes eran los mejores del mercado, y ella se preguntó si le había regalado el collar para demostrar su riqueza.

—Costaba miles de libras y no me sentía a gusto llevando algo tan valioso.

—¿Por qué no eres sincera y dices que no querías el collar ni el resto de las joyas y la ropa que te había regalado porque, aunque te gustaba mucho recibir regalos de cumpleaños de tus amigos, detestabas todo lo que procediera de mí? Me has acusado de ser distante, pero cuando trataba de acercarme a ti me rechazabas.

—No quería regalos. Quería...

Isobel se calló, frustrada por no poder hacerle entender que no le interesaba lo material. Lo que ella deseaba era que él se abriera a ella y le comunicara lo que pensaba y sentía.

—Quería que te interesaras por mí como persona —murmuró—. Quería que nuestro matrimonio fuera una unión entre iguales, pero parecía que pensabas que, si me hacías regalos caros, me contentaría y no desearía nada más, como ver a mis amigos o desarrollar mi carrera musical.

—Había que hacer todo como tú querías, Constantin. Mis sueños y esperanzas no contaban. Me recordabas a mi padre. Mi madre era una pianista maravillosa y le ofrecieron la posibilidad de tocar profesionalmente en una orquesta, pero mi padre la convenció de que no era lo bastante buena, que debía seguir siendo profesora de piano y no dejar el trabajo por un sueño estúpido.

—En nuestro caso, no había necesidad de que trabajaras. Yo te proporcionaba todo lo necesario —afirmó él con sequedad.

Isobel respiró hondo tratando de controlar la ira.

—Eso demuestra lo poco que me entendías. No quería que me mantuvieras. Era, es importante para mí trabajar y ganarme la vida, ser independiente.

—Tus deseos de independencia no fueron una ayuda para nuestro matrimonio.

—Reconozco que me sentía incómoda cuando me hacías regalos caros. Me parecía que me dabas limosna, que era como la Cenicienta: la secretaria sin un duro que había conseguido un esposo multimillonario.

Isobel se mordió el labio inferior.

—Cuando anunciamos nuestro compromiso, Julie, tu secretaria, comentó delante de mucha gente en la oficina que yo era una cazafortunas y que me había quedado embarazada aposta para que te casaras conmigo.

—¿Y qué te importaba lo que dijera mi secretaria? Sabías de sobra que había sido culpa mía que te quedaras encinta. Me habías dicho que no tomabas la píldora. Usar un método anticonceptivo era responsabilidad mía, pero no fui todo lo cuidadoso que debiera haber sido.

Isobel recordó la vez en que habían hecho el amor en la ducha. El deseo de ambos había sido tan incontrolable como un fuego arrasador, y ella solo recordó que no habían usado protección cuando vio la línea azul en la prueba de embarazo.

—¿Qué te importaba lo que pensaran los demás de nuestra relación? —insistió él.

—Julie tenía razón al decir que te casabas conmigo porque esperaba un hijo. Pero me sentí humillada al oírlo. Durante la mayor parte de mi infancia, mi padre estuvo desempleado. No por culpa suya, sino porque tuvo un accidente en la mina. Así que la familia sobrevivía con su subsidio de desempleo. Mi madre ganaba poco dando clases de piano, por lo que mis padres tenían que esforzarse para llegar a fin de mes.

Isobel suspiró.

—En la escuela, los niños son crueles. Los hijos de familias adineradas nos llamaban «parásitos» de los que dependíamos de los servicios sociales. Yo me avergonzaba mucho, y cuando acabé la escuela me juré que trabajaría y que sería independiente. Supongo que era cuestión de orgullo, pero estaba decidida a no aceptar nada de nadie.

—¿Ni siquiera regalos de tu esposo? Me gustaba comprarte cosas porque pensaba que te causarían placer. Pero, en lugar de eso, los recibías como un insulto.

—No quería que creyeras que me había casado contigo por tu dinero. No formaba parte de tu mundo.

—Aunque fuera eso lo que creyeras, no era lo que pensaba yo.

Constantin frunció el ceño tratando de asimilar lo que ella le acababa de contar. Era evidente que su infancia y la situación económica de su familia la habían afectado mucho, pero él no se había percatado de que fuera tan sensible a la opinión ajena sobre las razones de su matrimonio. Isobel no formaba parte del grupo de mujeres que había conocido que iba detrás de su dinero.

—¿Qué tal va el dolor de cabeza?

—Se me ha pasado. Las dos horas que he dormido en el avión me han sentado de maravilla.

—Si te apetece, podemos salir a cenar.

Se dirigió a la puerta y se volvió a mirarla desde el umbral.

—Nunca pensé que te hubieras casado conmigo por mi dinero, Isabella. Y, a pesar de lo que te dije cuando viniste a verme en Londres hace unas semanas, no me casé contigo solo porque estuvieras embarazada.

Isobel se quedó tan perpleja que no supo qué responderle. Y se preguntó si se atrevería a creer lo que le había dicho.

Capítulo 8

LA *TRATTORIA* Pepe!

Isobel sonrió al reconocer la encantadora *trattoria* situada en una esquina de una placita poco frecuentada por los turistas. Era el sitio preferido tanto de Constantin como de ella para tomar comida romana tradicional.

–Me trajiste aquí la primera vez que estuve en Roma.

–La *porchetta* con hierbas, aceitunas y mozzarella sigue siendo, en mi opinión, la mejor de Roma –afirmó él mientras entraban.

El propio Pepe salió a recibirlos. Dio dos besos a Isobel al tiempo que le hablaba en un italiano salpicado ocasionalmente de palabras inglesas.

–Me alegro de volver a verlo –dijo ella en italiano cuando Pepe se detuvo a tomar aliento.

El chef volvió a la cocina al cabo de unos minutos y un camarero joven y apuesto les tomó la comanda mientras flirteaba descaradamente con Isobel. Cuando vio el brillo amenazador de los ojos de Constantin se retiró apresuradamente.

–Me ha impresionado la fluidez con que hablas italiano –dijo él en tono seco.

Ella se encogió de hombros.

—Me daba pena interrumpir las clases a las que empecé a acudir cuando estábamos juntos.

Al casarse con él, Isobel quiso aprender su lengua, ya que sabía que él deseaba que su hijo hablara italiano. Pero no había habido hijo alguno.

El camarero volvió con el primer plato y miró fijamente a Isobel hasta que Constantin lo increpó.

Ella miró a su esposo con cara de pocos amigos.

—¿Por qué has sido grosero con el camarero? Solo intentaba ser amable.

—Pues si intenta serlo un poco más, te hace el amor sobre la mesa —afirmó él tratando de controlar la vena posesiva que se había despertado en él. A punto había estado de dar un puñetazo al camarero.

—Nos servirán más deprisa si dejas de flirtear con el personal —gruñó.

—No estaba flirteando con el camarero, no seas ridículo.

Constantin dio un sorbo de la copa de vino.

—No es de extrañar que los hombres se fijen en ti. Eres muy guapa. Pero no solo te miran por tu apariencia. Hace tres años, cuando nos conocimos, también eras hermosa, pero terriblemente tímida. Te ruborizabas cada vez que te dirigía la palabra. Ahora tienes un aire de seguridad en ti misma que a la mayoría de los hombres les resulta innegablemente atractiva.

¿Se incluía él?, se preguntó Isobel.

—He ganado seguridad. Me vi obligada a hacerlo cuando el grupo se hizo famoso y tuve que cantar frente a grandes audiencias.

Recordó que la primera vez que él la había llevado

a aquel restaurante estaba tan nerviosa que volcó su copa de vino.

—Cuando te conocí, no era nadie, una secretaria que soñaba con ser cantante. Cuando me quedé embarazada, mis esperanzas y planes de futuro se centraron en ser madre, y nada más me parecía importante. Pero, después de perder a Arianna, me sentí... irrelevante. No era madre y, por el abismo que se había abierto entre nosotros, me pareció que no estaba a la altura de tus expectativas como esposa.

Negó con la cabeza al ver que él iba a interrumpirla.

—Nuestro matrimonio no funcionaba. Yo quería hablar de Arianna, pero tú te encerraste en ti mismo, y yo no sabía lo que pensabas o sentías.

—Así que recurriste a tus amigos, a los que conocías desde niña.

—Vertí mis sentimientos en las canciones que componía. Tocar el piano y componer me proporcionaban cierto consuelo. Al mudarme del pueblo a Londres con el resto del grupo, tocábamos en pubs, pero dejé de actuar después de casarnos. No creí que tuviéramos éxito cuando comenzamos a tocar de nuevo; era un modo de olvidarme del aborto. Pero a las Stone Ladies nos descubrió un productor musical y todo se precipitó.

Se inclinó hacia delante para mirarlo a los ojos.

—Cuando nos ofrecieron grabar un disco, todos los miembros del grupo vimos la oportunidad de desarrollar una carrera musical con la que habíamos soñado desde la adolescencia. Y el sueño se estaba haciendo realidad. Tenía la oportunidad de ser alguien por mí misma y de ganar tanto dinero como nunca hubiera imaginado.

Constantin frunció el ceño.

—Estabas casada con un multimillonario; no necesitabas ganar dinero.

—Claro que sí —respondió ella con fiereza—. Era importante para mí abrirme camino en el mundo, evitar que tus amigos y familiares creyeran que tenía el futuro asegurado por haberme casado contigo y no sentirme avergonzada como cuando los niños me llamaban «parásita» en la escuela. Ser cantante profesional me enorgullecía. Quería que mi padre se sintiera orgulloso de mí, aunque no estoy segura de haberlo conseguido. También esperaba que te interesaras más por mí si triunfaba en la música. Las mujeres a las que conocíamos en los acontecimientos sociales, las esposas de tus amigos, eran sofisticadas, por lo que me parecía que no podía competir con ellas.

—Yo no quería que lo hicieras. Me hacías feliz siendo como eras.

—Si eso es cierto, ¿por qué te volviste tan frío? La verdad es que no estabas orgulloso de mí, y ni la ropa de diseño ni las joyas caras me convertirían en marquesa.

Isobel lo miró sintiéndose frustrada por no poder hacer que la comprendiera.

—Una vez me dijiste que tu mayor logro había sido que te nombraran consejero delegado de DSE y el éxito que habías tenido al convertirla en una de las empresas más rentables de Italia. Formar parte de un grupo musical con éxito es el mío. Pero mi carrera fue una de las cosas que nos separó.

Él apretó los dientes.

–No nos separamos. Tú me abandonaste.

Isabel apartó la vista de su rostro y miró el plato. De repente, había perdido el apetito. A Constantin le debía de haber pasado lo mismo, ya que llamó al camarero para pedirle la cuenta.

Volvieron caminando en silencio, cada uno sumergido en sus pensamientos.

Él pensaba en lo que había dicho Isobel sobre su carrera musical y cómo le había aumentado la autoestima. Era cierto que él se sentía orgulloso de su puesto en DSE y de lo que había conseguido para la empresa.

Lo acosaban el trauma de haber contemplado el accidente mortal de su madrastra y la sospecha de que su padre podía haber sido responsable de la tragedia.

Desde ese día terrible, había evitado las relaciones que implicaran un compromiso emocional por su parte y había concentrado toda su pasión y energía en la empresa.

Pero su tío amenazaba con nombrar presidente a su primo Maurio, con lo que todo su trabajo de los diez últimos años se perdería. La empresa no duraría cinco minutos en manos de Maurio.

Cuando había pedido a Isobel que le diera una segunda oportunidad, su único objetivo era convencer a su tío de que lo nombrara presidente. Pero tuvo que reconocer que sus prioridades habían cambiado.

Isobel contempló la luna llena. Era la primera vez desde hacía meses que caminaba por una calle sin mirar hacia atrás para comprobar que no la siguiera el acosador. La policía seguía sin haber detenido a David, pero se sentía tranquila en Roma, con Constantin.

Aunque dejó de hacerlo cuando él le pasó el brazo por la cintura al pasar al lado de un grupo de chicos jóvenes. El contacto despertó en ella recuerdos de tiempos más felices.

Cuando habían estado en Roma, poco después de casarse, Constantin la había llevado a la *trattoria* y, de vuelta a casa, la había besado en cada esquina. Una vez en su piso, el deseo mutuo había sido tan intenso que solo llegaron al sofá más cercano a la entrada.

Sintió calor en las mejillas al recordarlo a él desnudándola y empujándola contra los cojines mientras le ponía la mano entre los muslos. Ya estaba húmeda y dispuesta para él. Siempre lo había estado, pensó compungida.

—¿Nos tomamos la última copa? —preguntó él al entrar en el ático.

—No, gracias, me voy a acostar. Espero que mañana la policía nos anuncie que ha detenido a David. Así podré volver a casa y, cuando consigamos el divorcio, nos libraremos el uno del otro.

Él la miró con los ojos entrecerrados.

—¿Es eso lo que de verdad quieres?

—Sí —afirmó ella con voz ahogada por la emoción.

La cena le había recordado todo lo que había perdido, todo lo que hubiera podido ser.

—Reconozco que he sopesado la posibilidad de volver a estar juntos, pero la conversación de esta noche me ha demostrado que es mucho lo que nos separa.

No pudo continuar, y se dio la vuelta para que él no viera las lágrimas que trataba de contener.

–Es lo que tú dices –añadió–. No tiene sentido remover el pasado. Tenemos que seguir adelante, cada uno por su lado.

Constantin estaba de pie frente a la puerta de la terraza de su habitación, que daba a la plaza. La vista era espectacular. Pero aquella noche, mientras se tomaba un vaso de whisky, apenas se fijó en los edificios de Roma. Pensaba en su esposa, que ocupaba la habitación de invitados al lado de la suya.

Le había vuelto a suceder. Había pasado en su compañía menos de un día y su determinación de mantenerse alejado de ella vacilaba.

Pensó que la culpable era su sonrisa. Cuando Isobel sonreía se le iluminaba todo el rostro, como al reconocer la *trattoria* o al contemplar las rosas amarillas de su habitación. Era la única mujer que conocía que prefería que le regalaran rosas en vez de diamantes.

Después de lo que ella le había contado sobre las penurias económicas de su infancia, entendía por qué quería ser tan independiente. Le había dicho que su carrera la enorgullecía, pero él creía que lo había abandonado porque estaba enamorada de Ryan Fellows, el guitarrista.

Los celos eran un sentimiento venenoso que te infectaba el alma.

Por la seguridad de Isobel, debía controlar ese monstruo que creía haber heredado de su padre. Esa misma noche había querido matar al camarero que había flirteado con ella.

¿Se sentía así su padre cuando su hermosa y joven esposa sonreía a otros hombres?

Recordó el rostro sonriente de su madrastra y la vio inclinarse hacia él de modo que sus senos casi se le salían de la parte superior del bikini mientras le pedía que le diera crema.

Él había ido a Casa Celeste a pasar las vacaciones y llevaba todo el verano teniendo fantasías eróticas con su madrastra. Su padre lo había observado siguiéndola a todas partes como un perrito y habían tenido una bronca. Nunca había visto a su padre tan enfadado. Más tarde, los había oído discutir en el balcón.

¿Nunca desaparecerían esas imágenes de su mente? Terminó de beberse el whisky y al ir a alejarse de la ventana un movimiento en el exterior atrajo su atención. Isobel había salido a la terraza.

Constantin se quedó paralizado mientras observaba cómo la brisa pegaba el largo camisón blanco a su cuerpo delgado. Estaba preciosa a la luz de la luna.

Por el bien de ella debía hacer caso omiso del deseo que lo aguijoneaba por dentro. Pero, a pesar de sus buenas intenciones, no pudo dejar de mirarla.

Ella le daba la espalda y se inclinó aún más sobre la barandilla.

Lo asaltó un recuerdo: su madrastra apoyada en la barandilla, cayendo, cayendo. El grito de Lorena resonó en su cerebro.

—¡Apártate de ahí!

La calma nocturna se quebró por el grito de Constantin. Isobel, sobresaltada, miró a su alrededor y chilló asustada cuando él la agarró de la cintura, la levantó y la depositó en su dormitorio, el de Constantin.

—¿Qué haces?

—¿Que qué hago? ¿Qué hacías tú asomada a la barandilla de esa manera?

Soltó una palabrota y se apartó el cabello de la frente con mano temblorosa, según observó ella. Nunca había visto aquella expresión en sus ojos, de puro terror.

Él se apartó de ella, se sirvió otro whisky y se lo tomó de un trago.

—Intentaba ver mejor las fuentes. No corría peligro alguno, ya que la barandilla es demasiado alta para que me caiga.

Él se volvió lentamente hacia ella. Había recuperado el color y parecía incómodo por su extraño comportamiento.

—Supongo que he reaccionado de forma exagerada —masculló—. Es que detesto las alturas.

Ella lo miró sorprendida.

—Odias las alturas, pero vives en un ático con terraza —afirmó ella mientras apretaba los labios para no reírse.

—No tiene gracia.

—Vamos, Constantin, un poco sí —ella soltó una risita—. Probablemente tienes una de las mejores vistas de Roma, pero te da miedo disfrutar de ella. Es la reacción más humana que he visto en ti.

Él cerró los ojos y trató de bloquear los recuerdos que giraban en su cerebro como nubes negras. Fue en vano.

Volvió a oír a su padre y a Lorena discutiendo en el balcón de la torre. Él estaba en el jardín, y durante años había sido incapaz de recordar quién se había movido primero: su padre o Lorena. Se quedó aterrorizado al ver precipitarse a su madrastra desde el balcón. Nunca olvidaría cómo había gritado. Momentos después vio a su padre caer tras Lorena.

Le pareció que todo transcurría a cámara lenta, pero solo debieron de pasar unos segundos hasta que oyó los dos golpes contra el suelo. Había cerrado los ojos. Durante años borró los detalles de lo que había contemplado, hasta que las pesadillas le revelaron lo que había ocurrido exactamente en el balcón.

Constantin abrió los ojos y vio que Isobel lo miraba fijamente.

—Seguro que no, *cara*. Siempre he reaccionado como un hombre normal cuando estoy contigo.

Isobel se dio cuenta de que estaba furioso porque se había burlado de él. El brillo de los ojos de su esposo le indicó que se había pasado de la raya. La tensión entre ambos estaba a punto de estallar.

Él lanzó una maldición al tiempo que la agarraba y la atraía hacia sí.

—Será un placer demostrarte que mis reacciones son las normales en un ser humano.

Sin darle la oportunidad de contestarle, la besó en la boca como si fuera de su propiedad. A continuación le puso las manos en las nalgas. Ella sintió el calor de su tacto a través del camisón y ahogó un grito cuando él la apretó contra sí y sintió su excitada masculinidad.

Siguió sin poder protestar, ya que él le había introducido la lengua entre los labios y exploraba su boca de forma tan erótica que Isobel sintió que se derretía.

El mutuo deseo había ido intensificándose durante toda la velada. Siempre había sido una fuerza decisiva en su relación y, por mucho que el sentido común indicara a Isobel que debía poner fin a aquella locura, su cuerpo se sometió voluntariamente a la deliciosa sensación que él le producía con las manos y la boca.

Constantin le recorrió la garganta con los labios. Ella la arqueó y se entregó al placer, que se intensificó cuando él le bajó las hombreras del camisón y dejó al descubierto sus senos.

Isobel sabía que debía detenerlo, pero se olvidó cuando él tomó sus senos en las manos y los masajeó suavemente. La sensación era deliciosa, y se transformó en increíblemente maravillosa cuando él le acarició los pezones con el pulgar. Su deseo creció de forma tan desesperada que presionó las caderas contra las de él de modo que el duro bulto que había debajo de sus pantalones se frotara con su oculta feminidad.

Él masculló algo y tiró de su camisón hasta que cayó al suelo y la dejó desnuda. Ella murmuró algo, avergonzada, cuando él le deslizó una mano entre las piernas y le sonrió burlón al descubrir la humedad causada por su excitación.

–Parece que tú también reaccionas como un ser humano totalmente normal, *tesorino*.

Ella cerró los ojos para no ver su cínica expresión.

–Constantin, no...

Él le alzó la barbilla.

—¿Lloras, Isabella? —una expresión dolorida le cruzó el rostro.

Ella le pareció frágil y vulnerable. Las magulladuras de los brazos le recordaron que había escapado por los pelos del acosador que estaba obsesionado con ella.

—¿En serio crees que voy a hacerte daño?

Ella negó con la cabeza.

—Sé que tratabas de protegerme al verme en el balcón —lo miró a los ojos—. Sé que contigo estoy a salvo.

Él no quería pensar en el pasado y en sus secretos. Lo que quería, lo que necesitaba, era perderse en la dulce seducción del cuerpo de Isobel, besarla y que lo besase, acariciar su piel de seda y sentir sus suaves manos en su cuerpo llevándolo al borde del éxtasis.

La llevaría con él en esa tumultuosa cabalgada, ya que la pasión que había entre ellos nunca la había experimentado con otra mujer.

Isobel suspiró cuando volvió a besarla en la boca, pero esa vez la pasión se vio atenuada por una ternura que la conmovió.

Él lo era todo: el amor de su vida.

Los dos años que habían estado separados habían sido de interminable soledad. Todas las noches dormía sola y su corazón deseaba únicamente a un hombre.

Él le recorrió la clavícula con los labios y descendió hasta los senos, donde dibujó húmedos círculos en cada aureola antes de lamerle los pezones. Ella cerró los ojos y se entregó a su mágica sensualidad.

La realidad se esfumó y fue sustituida por otra en la que solo existían Constantin y ella.

Notó que él la tumbaba en la cama, vio como se desnudaba y el corazón le latió más deprisa al contemplar su cuerpo. Era una obra de arte. Sintió su cálida piel en los dedos y el vello que le cubría el pecho y le descendía en forma de flecha por el plano estómago.

La longitud de su excitada masculinidad fue otra prueba, por si acaso necesitaba más, de su deseo. Había olvidado su poderosa constitución.

Él debió de ver la duda en sus ojos porque sonrió con malicia y se tumbó a su lado para después abrazarla.

—¿Te lo estás pensando mejor, *tesorino*? —murmuró.

Ella le sonrió temblorosa.

—Dos años son mucho tiempo. He perdido la práctica.

La mirada de él se oscureció.

—¿No ha habido nadie más?

Ella no estaba dispuesta a mentirle.

—No.

—Para mí tampoco.

Ella se quedó sorprendida.

—¿En serio que en dos años no has...?

—Aunque viviéramos separados, eras y eres mi esposa.

No era de extrañar que estuviera tan excitado. Su esposo era un hombre muy sexual, por lo que la frustración debía de haberlo vuelto loco.

Sus ojos se encontraron. Él deslizó los dedos hasta los dorados rizos del vértice de sus muslos. A pesar del tiempo transcurrido, recordaba perfectamente cómo complacerla, sabía el momento exacto en que debía introducirle un dedo, luego otro, y moverlos en una danza implacable hasta hacerla gritar de placer y desesperación.

A él le encantó su espontánea respuesta. Consciente de que estaba a punto de explotar, lanzó un gemido y se puso encima de ella, le deslizó las manos bajo las nalgas y la penetró de una poderosa embestida. Ella ahogó un grito.

–¿Te he hecho daño? –preguntó dispuesto a salir de ella.

Pero Isobel le rodeó las caderas con las piernas.

–No, es que es una sensación deliciosa.

Su tímida sonrisa le recordó la primera vez que le había hecho el amor.

Se concentró únicamente en proporcionarle placer. Comenzó a moverse lentamente, con embestidas fuertes y controladas que incrementaron la mutua excitación. Ella pronto captó el ritmo y levantó las caderas ante cada embestida.

Sus cuerpos se movieron al unísono, cada vez más deprisa hacia la cima, donde se detuvieron unos segundos antes de despeñarse en la explosión de su mutua liberación.

Mucho tiempo después, Constantin rodó sobre sí mismo para quedarse tumbado de espaldas. Inmediatamente rodeó con el brazo a Isobel y la atrajo hacia su pecho.

Ella pensó que tenían que hablar, pero ya no estaba segura de cuál quería que fuera el resultado de la conversación.

¿Haber hecho el amor había significado algo para él o simplemente había saciado su deseo sexual?

–Constantin...

–Duérmete, *tesorino* –murmuró él mientras le acariciaba la espalda.

Ella se olvidó de todo, salvo del placer de estar con él en el mundo íntimo que habían creado.

Cuando un ruido la despertó, Isobel no supo cuánto había dormido. Entre las brumas del sueño, se dio cuenta de que había oído un grito.

Recuperó la memoria.

Había hecho el amor con Constantin la noche anterior.

¿Por qué las cosas no parecían tan bien a la mañana siguiente?

A la pálida luz que entraba por la persiana vio que eran las cuatro de la mañana.

Constantin estaba sentado en la cama y jadeaba como si hubiera corrido el maratón.

Isobel le puso la mano en el hombro y él dio un brinco.

–¡Isobel! –tomó aire–. No me había dado cuenta de que estuvieras despierta.

–He oído un ruido. ¿Por qué gritabas?

–He volcado la jarra de agua. Lo siento, *cara*. He maldecido en voz demasiado alta.

Ella lo miró con recelo, sin creerse del todo la explicación.

–Me ha parecido que decías: «Quería matarla», o algo así.

Recordó vagamente haber oído esas mismas palabras con anterioridad.

–¿Sigues teniendo pesadillas como hace dos años en Casa Celeste?

Deseaba poder verle la cara. Se sintió desconcertada al ver que la jarra de agua seguía de pie en la mesilla.

–Creo que lo has soñado –afirmó él. Había recuperado el ritmo normal de la respiración.

Ella frunció el ceño.

–Estoy segura de que no ha sido un sueño.

Le resultaba difícil pensar mientras él le acariciaba el cuello.

Trató de apartarlo, pero él comenzó a besarla en la garganta y el inicio de los senos. Tenía los pezones muy sensibilizados por sus caricias previas. Contuvo la respiración cuando él se los lamió con la punta de la lengua.

–Constantin...

Trató de luchar contra el deseo que la invadía y centrarse en averiguar los motivos de que él hubiera gritado. Estaba segura de no haberlo soñado.

Pero él ya tenía la mano entre sus piernas y comenzó a acariciarla. Isobel gimió. Cuando él sustituyó los dedos por la boca, ella arqueó instintivamente las caderas y tembló antes de experimentar el éxtasis final.

Pero en un rincón de su cerebro una vocecita le susurró que él había tratado de distraerla.

A la llegada del alba, Constantin miraba las manillas del reloj que avanzaban lentamente hacia las seis. Por suerte, ya no tendría que volverse a dormir.

La pesadilla había sido tan vívida que, al recordarla, rompió a sudar.

Había soñado con dos figuras en un balcón, no el de Casa Celeste, sino el del ático donde estaba. Y las figuras no eran Lorena y su padre, sino Isobel y él.

Ella se burlaba diciéndole que prefería al camarero a él. Él estaba furioso. Extendía la mano y ella caía.

Solo había sido un sueño, se dijo. No significaba nada.

Giró la cabeza y vio el rostro de Isobel en la almohada. Era hermosa. No debiera haberla llevado a Roma. Quería protegerla mientras el acosador siguiera suelto, pero tal vez el sueño fuera una advertencia de que corría el mismo peligro con él.

Capítulo 9

ISOBEL se apartó de un ruidoso grupo de turistas en la iglesia de Sant'Agnese y se llevó el móvil a la oreja.

–Perdona, no te he oído.

–Te decía que si te acordabas de que estamos invitados a la fiesta de los Bonucci, esta noche, para celebrar la apertura de su nuevo hotel.

–No lo he olvidado –respondió ella en tono seco.

Llevaba en Roma una semana, y aquella era el quinto acontecimiento social al que Constantin y ella acudirían. Apenas tenían tiempo de estar solos.

Él trabajaba todo el día y volvía tarde, con el tiempo de ducharse y cambiarse antes de salir. Nunca regresaban antes de medianoche y Constantin siempre hallaba un motivo para no acostarse hasta que ella se hubiera dormido.

Era fácil creer que la evitaba. Era lo que la insegura Isobel hubiera pensado dos años antes. Pero había madurado y, en vez de apresurarse a sacar conclusiones, recordó que él era el consejero delegado de una de las empresas más importantes de Italia, por lo que debía acudir a reuniones sociales para establecer contactos como parte de su trabajo.

–Hoy te llegará un paquete. Te he comprado un vestido para esta noche.

–Ya ha llegado. Es precioso, gracias.

–¿No te importa?

Ella percibió su sorpresa, ya que estaba acostumbrado a que se pusiera tensa al recibir sus regalos.

–Me alegro de que te guste. Lo vi en un escaparate y supe que te quedaría bien.

–Si vuelves pronto, me lo pondré exclusivamente para ti –murmuró ella.

–Lo siento, *cara*, pero tengo una reunión a última hora. ¿Estarás lista para marcharnos a las siete y media?

–Constantin...

Se dio cuenta de que había cortado la llamada. Metió el teléfono en el bolso y se dirigió al ático con el ceño fruncido.

Sucedía algo que no entendía.

Las pocas veces que habían tenido relaciones sexuales habían sido estupendas para ambos. Constantin no podía haber fingido sus gemidos de placer al alcanzar el éxtasis dentro de ella.

Tampoco era imaginable que se hubiera cansado de ella. Siempre estaba levantado y vestido cuando ella se despertaba, pero el brillo de sus ojos le indicaba que hubiera querido volver a meterse en la cama.

¿Por qué no lo hacía? ¿Estaba muy presionado por el trabajo o había algo que lo preocupaba?

Suspiró mientras entraba en el piso. Tal vez, él también se estuviera preguntado hacia dónde iba su relación.

De mutuo acuerdo no explícito, no habían hablado

de su matrimonio, pero Constantin no había desmentido la información de la prensa italiana sobre su reconciliación.

Él volvió a las siete y diez y entró en el dormitorio, donde ella, en ropa interior, se estaba cambiando para la fiesta. La examinó de arriba abajo, masculló algo incomprensible y salió disparado al cuarto de baño.

Isobel se dijo que estaba harta. Cuando su viril esposo actuaba como una tímida virgen, había llegado el momento de pedirle explicaciones.

Constantin se puso rígido cuando ella lo abrazó por la cintura. Isobel se había metido en la ducha. pero el sonido del agua había ahogado el ruido que había hecho al entrar.

Él pensó que iba a tener problemas.

«Rígido» era un descripción acertada de lo que le había sucedido a cierto órgano de su anatomía. Estaba tremendamente excitado, y el ronco murmullo de aprobación de ella empeoraba la situación.

Llevaba toda la semana intentando evitarla. La pesadilla lo había aterrorizado.

No quería sentirse posesivo ni celoso como su padre. No quería sentir emoción alguna. Tenía que conseguir controlar lo que sentía por Isobel, fuera lo que fuera, pero cada vez que hacían el amor se veía más atrapado por su sensual hechizo.

La solución, había concluido, era resistir la tentación de su maravilloso cuerpo. Pero las manos de ella estaban arruinando sus buenas intenciones.

No pudo reprimir un gemido cuando ella le acarició el estómago y los muslos para llegar a su excitada masculinidad.

–Isabella –murmuró entre dientes– no tenemos tiempo antes de la fiesta.

Ella se situó frente a él y lo besó en los labios.

–Empieza a las ocho. Has debido de leer mal la invitación.

Ella cerró la mano en torno a él y añadió con una sonrisa pícara:

–De todos modos, presiento que no tardaremos mucho.

Constantin respiró hondo cuando ella se arrodilló y sustituyó la mano por la boca.

¿Cómo iba a luchar contra el deseo de poseerla cuando ella le lamía suavemente la sensible punta? Solo un hombre de hielo se resistiría a la hermosa, generosa y atrevida Isobel. Pero él estaba encendido.

Masculló un juramento, la tomó en brazos mientras ella le rodeaba la cintura con las piernas y la penetró con tanta fuerza que casi llegaron los dos al éxtasis.

Fue urgente, intenso y, por tanto, no podía durar. Después de dos semanas de frustración sexual, la excitación de su acoplamiento fue electrizante.

Ella le clavó las uñas al aferrarse a sus hombros mientras él la agarraba por las nalgas y se movía dentro de ella con golpes fuertes y rápidos. Ella pronunció su nombre varias veces.

Era su hombre, su dueño, le pertenecía.

Y la condujo a un clímax que le produjo indescriptibles escalofríos de placer.

El clímax de él no fue menos espectacular. Echó la cabeza hacia atrás y soltó un salvaje gemido antes de apoyar la cabeza en la garganta de ella mientras sus corazones latían al unísono.

Después, Isobel tuvo que darse prisa para prepararse para la fiesta.

—Estás arrebatadora —le dijo él cuando apareció en el salón.

Ya lo había dejado sin aliento una vez aquella tarde, pero al verla con el largo vestido rojo de seda sintió una opresión en el pecho.

—Es un vestido precioso. Yo también tengo un regalo para ti.

Le entregó una caja de cuero negro con el distintivo DSE grabado en la tapa. El reloj de platino era el más caro y prestigioso de la gama DSE y era el preferido de Constantin.

—Me habías dicho que se te había estropeado el reloj y que debías llevarlo a arreglar. He pensado que te gustaría sustituirlo por este.

—No sé qué decir.

Se le había quedado la boca seca. Sabía cuánto valía el reloj, pero lo que más le conmovió fue que ella hubiera elegido precisamente ese modelo. Sonrió.

—Es el primer regalo que me hacen desde que tenía ocho años.

—Supongo que aparte de los de Navidad y cumpleaños.

—Mi padre dejó de celebrar fechas señaladas después de la muerte de mi madre. Ella me regaló un cochecito de carreras cuando cumplí ocho años. Murió de cáncer unas semanas después.

A Isobel le sorprendió la falta de emoción de su voz.

—Tuvo que ser terrible para tu padre y para ti.

Durante unos segundos, una expresión indescifrable se dibujó en el rostro de Constantin, pero se encogió de hombros y dijo:

–La vida sigue –se puso el reloj–. Gracias Es el mejor regalo que me han hecho.

Más tarde, Isobel pensó que, teniendo en cuenta que el único regalo que habían hecho a Constantin era un cochecito de carreras, no era de extrañar que estuviera entusiasmado con el reloj.

Miró alrededor del salón de baile del hotel de cinco estrellas que la adinerada familia Bonucci había remodelado. Los invitados eran celebridades no solo romanas, sino de toda Europa. Era la clase de acontecimiento social que la asustaba cuando se casó con Constantin, porque se sentía fuera de lugar entre sus amigos.

A pesar de que, en aquel momento, tenía una carrera llena de éxitos, volvió a sentirse insegura cuando él le fue presentando al resto de los invitados, algunos de los cuales le lanzaron miradas especulativas mientras Constantin le pasaba el brazo por la cintura.

Isobel se dijo que esas miradas eran producto de su imaginación, pero cuando él le murmuró al oído que tenía que hablar con uno de sus socios estuvo a punto de aferrarse a su brazo como solía hacer en el pasado.

Tuvo que decirse que había acudido a innumerables fiestas en los dos años anteriores y que no necesitaba el apoyo de Constantin.

Sin embargo, el corazón le dio un vuelco al ver a una conocida que se le acercaba.

–¡Isobel! Reconozco que no te esperaba aquí esta noche.

Ghislaine Montenocci acababa de casarse con un duque francés. Las fotos de la boda habían aparecido en todas las revistas.

–Mi esposo está allí –afirmó mientras señalaba a un hombre rubio que parecía veinte años mayor que ella.

Isobel se preguntó si Ghislaine se habría casado con él por el título.

–Había oído que Constantin y tú os habíais reconciliado, pero no me lo creí. Debes de sentirte muy aliviada de que él haya querido volver contigo.

Ghislaine había cambiado de apellido, pero no de forma de ser. Ella había sido una de las que había comentado que se había asegurado la vida al casarse con Constantin.

Isobel sonrió con frialdad.

–¿Por qué iba a sentirme aliviada?

–Porque creo que, después de haber conseguido casarte con un multimillonario, no querrías perderlo.

–En realidad, Constantin ha apoyado mi decisión de desarrollar mi carrera musical durante los dos últimos años.

Era una mentira ridícula, pero Isobel no estaba dispuesta a dejarse ganar por Ghislaine.

–Creo que es importante que una mujer tenga una carrera, aspiraciones y un propósito en la vida, en vez de limitarse a un papel de esposa, ¿no te parece?

Isobel suponía que Ghislaine no había trabajado en su vida, por lo que no pudo evitar sentirse victoriosa cuando la otra mujer se sonrojó.

–Un matrimonio sólido es aquel en que ambos cónyuges son capaces de hacer realidad sus sueños –prosiguió Isobel–. Estoy muy orgullosa del éxito que he tenido.

–Y con razón.

La voz de Constantin a sus espaldas la sobresaltó. Él le pasó el brazo por la cintura y le sonrió antes de dirigirse a Ghislaine.

–Isobel y su grupo son increíbles, ¿no crees? Estoy muy orgulloso del talento de mi esposa.

Ghislaine murmuró algo sobre la necesidad de hablar con su marido y se marchó.

Isobel miró a Constantin con cara de pocos amigos..

–No había necesidad de fingir que estás orgulloso de mí. Me sé defender sola.

–No estaba fingiendo. Estoy orgulloso de ti, Isabella. No naciste rica y privilegiada, como yo o como Ghislaine. Lo que has conseguido ha sido gracias a tu talento, esfuerzo y determinación.

Isobel tragó saliva para deshacer el nudo que se le había formado en la garganta.

–Pero no te gustaba que me dedicara a actuar con el grupo. Echas la culpa a mi carrera de nuestra separación.

Él hizo una mueca.

–No entendía lo importante que la música era para ti. Creía que preferías estar con tus amigos que conmigo, aunque en el fondo sabía que no tenías la culpa.

Miró a Isobel a los ojos y ella observó arrepentimiento en los suyos.

–Tenía mis motivos para apartarme de ti. Ahora

veo que pensabas que te rechazaba. Pero este no es el sitio para hablar de nuestra relación, *cara*. Voy por bebidas.

Ella lo observó mientras se dirigía al bar. Se había quedado atónita cuando le había dicho que estaba orgulloso de ella. Su admiración significaba mucho para Isobel. El hecho de no haber logrado igualar los resultados académicos de su hermano Simon y de no haber estado a la altura de las expectativas de su padre la había llevado a sentirse una inútil que no se merecía al hombre rico, guapo y triunfador con quien se había casado.

Ahora se sentía igual a Constantin, pero ¿no sería demasiado tarde para salvar su matrimonio? Puesto que él le había pedido que le diera una segunda oportunidad, ¿sería posible que sintiera algo por ella?

—Su esposo es muy guapo. Recuerdo que ya lo era de niño, lo cual no es de extrañar, ya que su madre fue una de las mejores modelos de su época.

Isobel se volvió hacia la mujer que estaba a su lado.

Había conocido a Diane Rivolli cuando Constantin se la había presentado dos noches antes en otra fiesta. Recordó que él le había dicho que vivía cerca de Casa Celeste.

—¿Conoció a la madre de Constantin?

—Conocí a Susie cuando se apellidaba Hoffman. Estábamos en la misma agencia de modelos de Nueva York. De hecho, conocí a mi marido cuando Susie me invitó a Casa Celeste después de casarse con Franco de Severino. Creo que se sentía sola y aislada en aquella casona, que es más un museo que un hogar. En cuanto a su marido...

Diane hizo una pausa, por lo que aumentó la curiosidad de Isobel.

—¿Qué pasaba con el padre de Constantin?

—Era un tipo seco. Creo que lo único que le importaba era Susie, pero la amaba demasiado si entiende lo que le quiero decir. Estaba obsesionado con ella. No le gustaba que tuviera amigos y, aunque mi esposo y yo vivíamos muy cerca, casi nunca nos invitó a Casa Celeste. Franco detestaba que otros hombres miraran a su esposa. Creo que hasta estaba celoso de su propio hijo. Susie adoraba a Constantin, pero, incluso de bebé, a Franco no le gustaba que lo cuidara. A veces lo miraba como si lo odiara.

—Supongo que Franco se quedaría destrozado cuando Susie murió.

—Cabría suponerlo, pero no lo demostró. Durante el funeral, estuvo como una estatua en la iglesia, sin rastro de emoción en el rostro. Más extraño me resultó que Constantin no llorara por su madre. En su tumba no derramó una lágrima. Tardé años en volver a verlo porque Franco lo mandó a un internado. Constantin debía de tener dieciséis años cuando Franco se casó por segunda vez.

—No sabía que tenía madrastra. Nunca me ha hablado de ella.

—Tal vez porque estaba enamorado de Lorena.

—¿Que Constantin estaba enamorado de su madrastra?

Diane se encogió de hombros.

—¿Por qué no? Lorena era mucho más joven que Franco. Tendría algo más de veinte años y era muy atractiva. ¡Y lo sabía! Era evidente que se había casado con Franco por su dinero. Le gustaba dar fiestas, por lo que a menudo nos invitaba, a pesar de que Franco detestaba las visitas. Supongo que podríamos reprocharle a Lorena que quisiera divertirse con Constantin, teniendo en cuenta cómo era su marido. Volvió loco al chico flirteando con él.

Diane frunció el ceño.

—Era cruel el modo en que Lorena alentaba las esperanzas de Constantin y el modo de enfrentar al padre con el hijo. Franco estaba celoso de su segunda esposa del mismo modo que de Susie, por lo que la devoción de Constantin por ella creó mucha fricción entre ambos. No sé qué hubiera sucedido de haber continuado esa situación –prosiguió Diane–. Pero Franco y Lorena murieron en un terrible accidente. El pobre Constantin no solo fue testigo de lo sucedido sino que, además, la dirección de DSE sufrió un duro revés. Cuando su padre murió, Constantin debiera haber sido nombrado automáticamente presidente y consejero delegado, pero, como aún no había cumplido los dieciocho, Alonso, el hermano de su padre, asumió el control de la empresa. Constantin fue ascendiendo hasta llegar a consejero delegado, y no es ningún secreto que quiere estar al frente de DSE.

Diane dio un sorbo de champán antes de continuar.

—En mi opinión, Constantin haría lo que fuera para conseguir la presidencia de la empresa porque cree que le corresponde por nacimiento.

A Isobel, la cabeza le daba vueltas por todo lo que le había contado Diane.

¿Por qué no le había dicho Constantine que su padre y su madrastra habían muerto en un accidente cuando él era un adolescente? Semejante tragedia debía haberle impactado profundamente, sobre todo si estaba enamorado de Lorena.

¿Explicaría eso su extraño comportamiento cuando la había llevado a Casa Celeste? ¿Se había vuelto frío y distante porque seguía enamorado de su madrastra?

—¿Qué les sucedió al padre y a Lorena?

Diane la miró de forma extraña.

—¿No se lo ha dicho Constantin?

De pronto, la anciana pareció sofocada al ver que él se dirigía hacia ellas.

—Probablemente haya hablado demasiado. ¿Por qué no le pregunta a Constantin lo que ocurrió en Casa Celeste?

Capítulo 10

LA CASA está cerrada. Solo hay un portero y un jardinero, ya que voy allí muy raramente. No sé por qué quieres ir a Casa Celeste.

–Ya te he dicho que quiero ir a la tumba de Arianna –respondió Isobel sosteniendo la mirada de Constantin, sin dejarse intimidar por su expresión de impaciencia–. No necesito sirvientes. Puedo hacerme la cama y cocinar yo sola.

Él frunció el ceño. Estaban desayunando plácidamente el sábado por la mañana cuando ella había expresado su deseo de ir al lago Albano.

–No veo por qué...

–Tu falta de comprensión dice mucho. Es evidente que te has olvidado de nuestra hija, pero yo no, ni quiero hacerlo. Me gustaría pasar un rato en la capilla en la que está enterrada.

La noche anterior, al volver de la fiesta, ella había intentado que le hablara del pasado, sobre todo del accidente de su padre y su madrastra. Él se había negado y la había distraído abrazándola y susurrándole lo que le haría cuando la desnudara.

Resistirse sería inútil, le había dicho.

Pero ella no tenía intención alguna de hacerlo, y

en cuanto empezó a besarla se olvidó de que quería hablar con él.

Al hacer el amor la noche anterior se había sentido más cerca de Constantin que nunca y, al despertarse esa mañana en sus brazos, era optimista sobre la posibilidad de un futuro compartido. Pero su deseo de ir a Casa Celeste había creado tensión entre ambos.

—No es buena idea hurgar en el pasado —apuntó él con dureza.

—Así es como tú te enfrentas a las cosas, ¿verdad? Finges que no han sucedido y te niegas a hablar de ellas. ¿Vas a seguir huyendo eternamente? Yo he aceptado lo que sucedió, pero nuestra hija siempre tendrá un lugar especial en mi corazón. Iré a Casa Celeste contigo o sin ti.

Constantin apretó los dientes. No sabía cómo manejar a aquella Isobel tan segura de sí misma que no temía discutir con él.

—Ahora no puedo dejar de ir al despacho. No quiero que vayas sola porque el acosador sigue suponiendo una amenaza. Podría haber descubierto que estás en Roma.

—La policía inglesa lo ha detenido y está recibiendo atención psiquiátrica. Me llamaron ayer para decírmelo, e iba a contártelo cuando volvieras de trabajar, pero... —se sonrojó al recordar la escena de la ducha—... nos distrajimos.

—Por así decirlo —murmuró él mientras se ponía en pie, la levantaba del taburete y la abrazaba de modo que sus pelvis se tocaran—. ¿Por qué no volvemos a la cama y nos distraemos un poco más?

Comenzó a besarla en la clavícula y a desabotonarle la blusa. Isobel pensó que debiera haberse puesto el sujetador al tiempo que gemía cuando le acarició con los pulgares los pezones, que instantáneamente se le endurecieron.

Durante la semana, cuando él se iba corriendo a trabajar, ella había deseado que se quedara en la cama y le hiciera el amor, pero en aquel momento resistió la tentación que suponían sus manos y su boca.

Eran una táctica de distracción, pero ella se negó a echarse atrás en su resolución de ir a Casa Celeste.

Era verdad que quería visitar la tumba de su hija, pero en aquella casa había secretos que necesitaba desvelar para comprender a su enigmático esposo.

—Ya sé a qué juegas, Constantin.

Se escurrió de entre sus brazos y se abotonó la blusa.

—Pero no te va a servir de nada. O vienes conmigo a Casa Celeste o me voy sola antes de tomar el próximo vuelo para Inglaterra.

Él la miró enfadado.

—Me estás chantajeando.

La obstinación de Isobel lo había puesto furioso.

—Estoy tentado de tumbarte en mis rodillas y darte unos azotes. Pero si lo hiciera, te garantizo que no saldríamos del dormitorio en una semana.

Constantin decidió de pronto que tenía que hacer varias llamadas urgentes y se pasó la tarde en el despacho, por lo que no salieron hacia Casa Celeste hasta media tarde.

Durante el viaje, él no estuvo muy comunicativo

y, cuando cruzaron la verja de la propiedad, se aferró con fuerza al volante.

Isobel pensó que la sugerencia de Diane Rivolli de que le preguntara sobre el accidente no era tan fácil de llevar a cabo como parecía. La expresión adusta de Constantin no la invitaba a hurgar en el pasado, pero estaba convencida de que no tendrían futuro si no hallaba la llave que diera salida a sus emociones.

Se detuvieron frente a la casa. Diane tenía razón al afirmar que más parecía un museo que un hogar, pensó Isobel, mientras pasaba por delante de la fila de retratos de los antepasados de Constantin.

Eso mismo había pensado ella la primera vez que estuvo allí. Las sábanas que cubrían los muebles añadían a esa impresión la de ser una casa llena de fantasmas.

Isobel se estremeció.

Allí había sido donde había abortado. Una noche, después de cenar, comenzó a vomitar. El médico al que Constantin había llamado creyó que algo le había sentado mal, pero su estado empeoró y, cuando comenzó a perder sangre, la llevaron al hospital a toda prisa, pero no pudieron hacer nada para salvar al bebé.

Tragándose las lágrimas salió al patio que había en la parte de atrás y halló a Constantin sentado en un muro bajo que rodeaba una fuente ornamental.

—¿Por qué no me has contado que tu padre y su segunda esposa murieron en esta casa?

Él le dirigió una mirada escrutadora.

—Supongo que Diane se ha ido de la lengua. Seguro que te ha llenado la cabeza de cuentos escabrosos.

—Diane no me ha contado nada, salvo que se mataron en un accidente del que fuiste testigo.

El frío brillo de los ojos de Constantin le indicó que no quería hablar del tema, pero ella estaba resuelta a resolver los problemas que habían obstaculizado su matrimonio.

—¿Qué pasó?

—¿Estás segura de querer saberlo? Ten cuidado, porque hay secretos que es mejor no revelar.

Ella no supo qué responder. Él se encogió de hombros y miró hacia la alta torre adyacente a la casa. Habló desprovisto de toda emoción.

—Mi padre y mi madrastra se mataron al caer del balcón de la torre. Murieron en el acto.

Ella, horrorizada, ahogó un grito.

—¿Lo viste?

—Sí, y no fue muy bonito, como ya te imaginarás.

Su tono era tan natural como si estuviera hablando del tiempo.

Isobel se había quedado sin palabras, aturdida no solo por haber sabido lo del mortal accidente, sino también por la falta de sentimientos de Constantin.

—¡Qué terrible que fueras testigo! Seguro que después tendrías pesadillas...

Le tembló la voz al recordar que lo había oído gritar por la noche en su primera visita a Casa Celeste. No era de extrañar que sus sueños fueran espeluznantes si en ellos revivía el horror de ver morir a su padre y a su madrastra.

—Debieras habérmelo contado.

Estaba dolida porque no le hubiera confiado aquel

acontecimiento traumático que tenía que haberle afectado mucho y que posiblemente siguiera haciéndolo.

—Al menos hubiera entendido por qué no te gusta venir aquí. Diane me fijo que estabas enamorado de Lorena.

La reacción de Constantin fue explosiva. Se levantó de un salto.

—A esa mujer habría que cortarle la lengua. No sabe nada y no tiene derecho a difamarme.

Se había puesto pálido y le temblaban las manos. Era la primera vez que Isobel lo veía tan alterado. Tenía los dientes apretados y los ojos le brillaban de ira.

—Ya te había avisado que el pasado está muerto y enterrado.

—Constantin...

Lo observo mientras salía por una puerta del muro del patio al bosque que rodeaba la casa. Su violenta reacción al mencionar a la joven esposa de su padre indicaba que había estado enamorado de ella.

De pronto, Isobel deseó haber seguido su consejo y no haber ido a Casa Celeste. Había un ambiente extraño en el patio donde Franco y Lorena habían muerto. El sol, que se escondía en el horizonte, proyectaba sombras alargadas en la casa.

A pesar del aire cálido del atardecer, se estremeció y se apresuró a entrar en la casa.

Pero no halló consuelo en las frías y elegantes estancias. Casa Celeste era imponente, y se preguntó si alguna vez había sido un hogar para Constantin.

Descargó el coche y llevó la comida que habían traído a la cocina, donde preparó una ensalada, de la que se obligó a comer un poco. Dejó el resto en la nevera para Constantin, para cuando volviera.

No había regresado cuando ella hizo la cama del dormitorio principal, antes de elegir una de las habitaciones de invitados para sí misma. Evitó aquella en la que se había alojado dos años antes, en su desastrosa visita.

Lo que le había contado Constantin sobre la tragedia que había presenciado explicaba en cierto modo por qué no le gustaba la casa, pero seguía habiendo muchas cosas de él que no entendía. Y seguía sin saber si Constantin sentía algo por ella.

Estaba profundamente dormida cuando él entró en su habitación, mucho después. No lo oyó, ni tampoco supo que estuvo observándola mucho tiempo mientras dormía. Su expresión era grave, casi torturada.

Cuando ella abrió los ojos, el sol iluminaba la habitación. Inmediatamente lo vio sentado en un sillón al lado de la ventana.

—Tienes muy mal aspecto —afirmó al observar su rostro demacrado y sin afeitar—. ¿Has dormido algo?

En vez de responder, él dijo con aspereza:

—Volvamos a Roma. Esta casa está maldita.

Ella asintió lentamente.

—Comprendo que lo creas. Pero nuestra hija está aquí. No me iré hasta haber visitado su tumba.

La capilla privada en la que, durante siglos, se había bautizado y enterrado a los miembros de la familia De Severino estaba algo apartada de la casa.

Isobel siguió un camino que serpenteaba por la

finca hasta divisar el antiguo edificio de piedra. El último día que había estado allí, el del funeral de Arianna, se sintió vacía y sola. Constantin estaba con ella, pero su falta de emoción al despedir a su hija la había dejado helada.

Al empujar la verja y caminar hacia la tumba de la niña, le sorprendió ver que había decenas de rosales plantados a su alrededor y que se había colocado un banco bajo las ramas de un joven sauce llorón.

Isobel vio a un anciano jardinero podando un seto y se dirigió hacia él.

—Los rosales son preciosos. Debe de haberle costado mucho plantar tantos.

—No he sido yo. Los plantó el marqués para su niña. Viene a menudo. No entra en la casa. Se sienta ahí —el hombre indicó el banco con un gesto de la cabeza—. Hay mucha paz aquí.

Lo único que se oía era el canto de los pájaros y la brisa que movía las ramas del sauce. El jardinero se alejó y la dejó contemplando las rosas.

En la quietud del jardín le pareció que tintineaba una risa. Se le llenaron los ojos de lágrimas y, durante unos segundos, creyó divisar una niña corriendo por el sendero.

—¡Arianna!

No había nadie allí. Llena de dolor, se sentó en el banco y lloró.

—Ya sabía que era un error venir.

Isobel no se había dado cuenta de que Constantin la había seguido.

—Sabía que te resultaría muy doloroso —prosiguió él.

Se sentó en el banco y la abrazó sin añadir nada más. Se limitó a estrecharla en sus brazos y a acariciarla mientras ella lloraba.

Cuando se calmó, Isobel alzó la cabeza y se secó las lágrimas con el dorso de la mano.

—No lloro solo por Arianna. Me apena no haber sabido cuánto te hizo sufrir su pérdida.

Indicó la rosaleda con un gesto de la mano.

—Has creado este hermoso lugar en memoria de nuestra hija, y yo no lo sabía. Parecías tan distante, tan contenido, tan carente de emoción... Te necesitaba. Ojalá hubiéramos podido llorarla juntos. Estaba enfadada contigo porque creía que no sentías el mismo dolor que yo. Incluso llegué a pensar que no querías haberla tenido. ¿Por qué no me dijiste que también estabas triste?

—No podía. No te lo puedo explicar.

—Inténtalo, por favor, porque quiero entenderlo —susurró ella.

Él apartó la vista de su rostro bañado en lágrimas y no dijo nada.

—Diane me dijo que no lloraste en el funeral de tu madre. No lo comprendo. Tenías ocho años y sé que la querías.

—Mi padre me dijo que no debía llorar, que llorar era una muestra de debilidad y que los varones de nuestra familia no eran débiles.

—Por eso tu padre no mostró emoción alguna ante la tumba de tu madre. Diane dijo... —Isobel se interrumpió al ver que él fruncía el ceño.

—Diane habla demasiado.

Cuando Constantin había entrado en el jardín de

la capilla y oyó que Isobel lloraba, su instinto le indicó que la dejara llorar sola. Pero algo lo impulsó a acercársele.

«¿Vas a seguir huyendo eternamente?», le había preguntado ella.

Isobel había conseguido que se examinara a sí mismo y se sintiera avergonzado. Desde niño, había creído que las emociones eran señal de debilidad. Pero ¿quién era el cobarde en aquel caso?, ¿la valiente Isobel, que era sincera sobre sus sentimientos?, ¿o él, una persona adulta temerosa de las emociones que formaban parte de la vida?

—Diane no vio lo que yo.

Isobel lo miró sorprendida.

—¿Qué viste?

Él negó con la cabeza y la agachó.

—Vi llorar a mi padre.

Volvía a tener ocho años, estaba frente a la puerta del despacho de Franco oyendo los terribles gemidos que procedían de la habitación.

—La noche del entierro de mi madre oí ruidos extraños procedentes de su despacho. Entré y vi a mi padre rodando por el suelo como si sufriera mucho. Lloraba de un modo que no había oído nunca. Yo solo era un niño, y me asusté.

—Mi padre me había dicho que solo lloraban los hombres débiles. Alzó la vista, me vio y se encolerizó. Comenzó a gritarme que me fuera. Corrí hacia la puerta, pero me gritó: «Ahora ya sabes lo cruel que es el amor, cómo conduce al hombre a la desgracia y a la desesperación».

Seguía oyendo la voz de su progenitor.

Miró a Isobel. La mezcla de horror y compasión que vio en sus ojos lo conmovió.

—Al día siguiente, mi padre volvió a comportarse con su frialdad habitual. Ninguno de los dos mencionó lo sucedido, pero percibí que estaba avergonzado de que lo hubiera visto en aquel estado. Me mandó a un internado, por lo que apenas lo veía. Pero su imagen sollozando y la certeza de que el amor lo había convertido a él, un hombre orgulloso, en una piltrafa, no se me olvidaron. Me asustaba el poder destructivo del amor. A los ocho años aprendí a no manifestar mis emociones.

—Pero querías a nuestro bebé —afirmó Isobel en voz baja—. No pudiste llorar por Arianna, pero le plantaste este jardín.

Se levantó y paseó entre los rosales inclinándose a inhalar el delicado perfume de las flores. Tenía el corazón desgarrado. La había conmovido profundamente que Constantin hubiera reconocido su incapacidad de manifestar emoción, pero la rosaleda era la prueba de que se había quedado tan destrozado como ella por la pérdida de su hija.

Él cortó un capullo de un rosal y se lo ofreció antes de tomarla en brazos.

—¿Qué haces? —preguntó ella conteniendo el aliento.

—Lo que debía haber hecho hace dos años: cuidarte, *tesorino*. Voy a prepararte un baño y a hacerte la cena.

La miró a los ojos y el corazón de Isobel le dio un vuelco ante la promesa sensual que vio en los suyos.

—Y después voy a hacerte el amor.

—No puedes llevarme en brazos hasta la casa —murmuró ella.

Pero lo hizo, y la subió hasta el dormitorio de él. En el cuarto de baño llenó la bañera de agua, a la que añadió un puñado de sales.

Le desabotonó la blusa con suavidad, que dejó en una silla antes de quitarle la falda y la ropa interior. Le recogió el pelo detrás de la nuca y se lo sujetó.

—Eres hermosa. Desde el momento en que te vi supe que tendría problemas.

Se dio la vuelta para salir del baño, pero ella le tocó el brazo.

—Después de haber perdido al bebé, me enfadé cuando me pediste que hiciéramos el amor porque me pareció que era la prueba de que no te importaba.

Él negó con la cabeza.

—No sabía de qué otra forma acercarme a ti. La cama era el único sitio en que ambos comprendíamos las necesidades del otro a la perfección, y quería demostrarte lo que no te podía decir con palabras. Sabía que te había fallado, que querías más apoyo por mi parte, pero no podía resistir verte llorar. Cuando me rechazaste, me dije que me estaba bien empleado. Decidí esperar hasta que dieras señales de que me deseabas.

Isobel se miró los pezones hinchados y sintió un deseo entre las piernas que solo podía saciar Constantin.

—Por si acaso no te has dado cuenta de las señales que te envía mi cuerpo, te deseo —dijo con voz suave.

Él suspiró. Parecía tan frágil y emocionalmente exhausta...

—Necesitas comer y descansar.

Ella se le acercó y le rozó los labios con los suyos.

—Te necesito a ti.

Por suerte, la bañera era grande. Se metieron juntos. Ella se sentó de espaldas a él, se echó hacia atrás para apoyarse en su pecho y se entregó al placer. No existía nada más que sus manos acariciándole los senos antes de seguir descendiendo por su cuerpo.

—Ten cuidado con dónde pones la pastilla de jabón —murmuró.

El rio y dejó el jabón para explorarla íntimamente con los dedos.

—Constantin... —ella trató de volverse para calmar el fuego que sentía entre los muslos.

—Esto es solo para ti, *tesorino*.

La agarró con fuerza para que no cambiara de postura y siguió usando los dedos mientras le acariciaba los senos con la otra mano hasta que la respiración de Isobel se aceleró.

Sintió la tensión de los músculos femeninos y se mantuvo así unos segundos antes de introducirle los dedos profundamente y captar las frenéticas pulsaciones de su clímax.

Más tarde, la secó y le aplicó aceite oloroso por todo el cuerpo centrándose tanto en determinadas partes de su cuerpo que ella no pudo resistir el deseo de tenerlo en su interior.

Cuando consiguieron llegar al dormitorio, él la sentó en el borde de la cama, se puso entre sus piernas y se las abrió. Después, le puso las manos bajo las nalgas para poseerla por completo.

Se miraron a los ojos y el tiempo se detuvo. Los de él solo expresaban un deseo que conmovió a Isobel.

Seguía habiendo preguntas sin respuesta, pero él tenía razón al decir que al hacer el amor se entendían a la perfección.

No hubo necesidad de palabras.

Sus cuerpos se movieron al unísono y ella se arqueó para recibir cada embestida que la conducía cada vez más arriba. Se dio cuenta de que Constantin se estaba conteniendo y se le saltaron las lágrimas por su infinito cuidado. La ternura era un elemento nuevo en el deseo de él, y ella lo quiso aún más por ello.

No hubo necesidad de palabras.

Ella le dijo con sus besos exactamente lo que quería de él. Llegaron juntos al clímax y se lanzaron unidos a una gloriosa caída libre.

Mucho después, Constantin sintió hambre, por lo que bajó a la cocina a preparar la cena prometida a Isobel. De camino a la villa, habían comprado los ingredientes para hacer una ensalada y unos filetes. La casa disponía de una buena bodega.

Él eligió una botella, agarró copas y cubiertos y puso la mesa en la terraza que daba al jardín. Cuando Isobel se sentó a la mesa frente a él vio que había un estuche sobre el mantel. El solitario que le había regalado cuando ella le comunicó que estaba embarazada se hallaba al lado de la alianza matrimonial que ella se había quitado al marcharse de la casa de Grosvenor Square, dos años antes.

Alzó la cabeza y miró a Constantin en silencio.

—Querría que volvieras a llevar los dos anillos, Isabella.

No adornó sus intenciones con frases bonitas ni dijo que la quería, pero ella tampoco lo esperaba.

Tal vez nunca llegara a ser capaz de manifestar sus sentimientos con palabras, pero ¿no le había manifestado al hacerle el amor con tierna pasión que creía que había algo especial entre ellos?

¿Era suficiente?

Ella se mordió el labio inferior.

—¿Y mi carrera?

—Espero que vaya a más. He escuchado el último disco de la Stone Ladies mientras preparaba la cena. Es evidente que todos los miembros del grupo tienen talento, pero tú sobre todo, *cara*. Tienes una voz excepcional.

Su talento lo había deslumbrado, Isobel tenía un don para componer y cantar. Pero él no la había apoyado ni había entendido la importancia que tenía su carrera para ella.

Agarró la alianza matrimonial y notó que a ella le temblaba la mano al ponérsela.

—Vamos a comer. Creo que esta noche voy a necesitar muchas proteínas que me den fuerza y energía.

—Y que lo digas —afirmó ella—. Tienes que recuperar dos años.

El brillo seductor de los ojos masculinos hizo que ella temblara de anticipación. Su temblor aumentó cuando él dijo:

—Trataré de que quedes completamente satisfecha, *tesorino*.

Capítulo 11

L A SECUENCIA de hechos le resultaba familiar. El sonido de voces gritando en lo alto de la torre. Miró hacia arriba y vio a su padre y a su madrastra. Lorena cayó gritando.

Después, sus gritos cesaron. Había mucha sangre. Se manchó las manos cuando se arrodilló a su lado y le dio la vuelta. Entonces, vio que no era Lorena, sino Isobel, la que yacía sin vida en el suelo. Y de pronto se halló en el balcón de la torre tendiendo las manos hacia Isobel.

Las tenía manchadas de sangre.

—¡No! ¡No!

Constantin se incorporó bruscamente en la cama jadeando. Se pasó una mano temblorosa por la frente y volvió la cabeza lentamente, casi asustado de lo que veía en la almohada.

Las primeras luces del alba se filtraban por las cortinas medio descorridas y jugaban con el cabello de Isobel. Su rostro estaba sereno. No había sangre en él.

Había sido un sueño.

Se levantó con cuidado para no despertarla y se acercó a la ventana. El dormitorio daba al patio. Hacía mucho tiempo que las manchas de sangre bajo la torre habían desaparecido, pero no las imágenes de su cerebro.

La pesadilla, como todas las pesadillas, era una advertencia. ¿Y si se parecía a su padre? ¿Y si había heredado los monstruosos celos que lo habían convertido en un asesino?

Volvió a mirar a Isobel, que dormía tranquilamente, sin saber el peligro que corría. Pero él sí lo sabía. Lo supo desde la noche en que se hicieron amantes.

Se quedó junto a la ventan durante mucho tiempo, perdido en pensamientos funestos. Isobel se removió en el lecho, pero siguió durmiendo. No era de extrañar que estuviera cansada, ya que se habían pasado toda la noche haciendo el amor.

El sonido de un coche que entraba en el patio lo devolvió a la realidad. Su tío llegaba pronto a la cita. Volvió a mirar a Isobel antes de salir. Su determinación aumentó.

Había llegado el momento de tomar las riendas de su futuro.

Isobel se desperezó y sintió un agradable dolor en ciertos músculos. Le cosquilleaba todo el cuerpo, sobre todo los senos y entre las piernas. Se sonrojó al recordar las muchas maneras en que habían hecho el amor.

Se volvió hacia la almohada vacía y deseó haberse despertado en los brazos de Constantin. Pero era casi mediodía. Supuso que él la había dejado dormir para recuperarse de los excesos de la noche anterior.

La alianza matrimonial y el anillo de compromiso que Constantin le había puesto la hizo sonreír de felicidad. Se sintió llena de esperanza ante el futuro.

Oyó su voz procedente del estudio al bajar a la primera planta y dedujo que estaría hablando por teléfono. Se dirigió a la cocina para prepararse un café.

Vio a un hombre sentado a la mesa tomándose una taza de café. Reconoció a Alonso, el tío de Constantin, al que había conocido el día de su boda.

Él se levantó y le tendió la mano.

—Isobel, me alegro mucho de que te encuentres aquí con tu marido.

Sus palabras la sorprendieron. Vio que le miraba los anillos.

—Yo estoy contenta de estar aquí con él —murmuró mientras se servía una taza de café y se sentaba a la mesa.

—Así que os habéis reconciliado. La junta directiva de DSE se alegrará de saber que ha acabado con su imagen de playboy y de que ahora aparezca en la prensa como un respetable hombre casado. Es increíble lo que se consigue con un poco de coerción.

Isobel dejó la taza en el plato.

—¿De coerción? Creo que no te entiendo.

—Sí, presioné a mi sobrino para... ¿cómo se dice en inglés? Le di un empujoncito para animarlo a seguir casado. Creo que te he hecho un favor —Alonso sonrió—. Le dije que solo le nombraría presidente de la empresa si se enmendaba y volvía con su esposa.

Ella sintió náuseas y tragó saliva.

—¿Cuándo fue eso?

—Me acuerdo de la fecha exacta: el quince de este

mes, el día en que cumplí setenta años. Le dije que quería jubilarme y nombrar presidente a su primo Maurio, a no ser que me convenciera de que estaba dispuesto a seguir casado.

El dieciséis de junio se había celebrado la fiesta en Londres en la que habían actuado las Stone Ladies y en la que Constantin la había besado en público mientras bailaban.

Sin saber lo que hacía, Isobel se tomó el café de un trago.

Constantin le había dicho que había cambiado de opinión y que quería que le diera una segunda oportunidad la noche después de que su tío le hubiera presentado el ultimátum.

¡Qué estúpida había sido!

Sintió que la abandonaban las fuerzas y la taza se le cayó sobre el plato.

—Es increíble —susurró.

Alonso rio sin darse cuenta de lo que habían supuesto sus palabras.

—Sí, a mí también me resulta difícil creer que ya tengo setenta años. Estoy deseando dedicarme a jugar al golf, ahora que Constantin será el presidente.

Al darse cuenta de lo pálida que estaba, le preguntó con expresión preocupada:

—¿Te encuentras bien?

Ella se levantó tambaleándose.

—Tengo náuseas.

—Ah. ¿Un bebé, tal vez?

¡Por Dios! A Isobel, el corazón le dejó de latir durante un segundo.

¡El destino no le jugaría la mala pasada de darle

un hijo en aquel momento, cuando tenía pruebas del engaño de Constantin!

Salió corriendo de la cocina mientras pensaba que se había dejado las píldoras anticonceptivas en Londres cuando Constantin la había llevado directamente del hospital al aeropuerto para ir a Roma. Al tener relaciones sexuales se le había olvidado por completo que no estaba protegida.

Estaba cruzando el vestíbulo cuando la puerta del despacho se abrió y salió Constantin.

–*Tesorino...*

La sonrisa se le evaporó al contemplar la expresión adusta de Isobel.

–¡No me llames así! –le espetó ella mientras observaba sus bellos rasgos y su poderoso cuerpo.

Sabía que lo amaría hasta la muerte, lo cual aumentó su ira.

–Quiero que me digas la verdad.

Él enarcó una ceja.

–Nunca te he mentido, Isabella.

–¿No me pediste que diéramos a nuestra relación una segunda oportunidad para que tu tío te nombrara presidente de DSE en vez de a tu primo?

La pregunta resonó en las paredes del vestíbulo y a él le pareció que el aire temblaba mientras ella esperaba una respuesta.

Revivió la pesadilla que había tenido. El sol que entraba por la ventana formaba un halo de luz dorada en torno a Isobel. Miró su hermoso rostro y, de repente, supo lo que debía hacer.

Se encogió de hombros.

–*Mea culpa*. Supongo que has hablado con mi tío, así que es inútil que lo niegue.

El suelo se abrió bajo los pies de Isobel.

Quiso hacerle daño, que sufriera tanto como ella lo hacía en ese momento, y le dio una bofetada, dejándole los dedos marcados en la piel. Él aguantó el dolor sin rechistar.

Isobel quiso morirse de vergüenza. Aborrecía la violencia física. Se odió por perder el control.

–¡Canalla! Supongo que me devolviste los anillos anoche porque sabías que Alonso vendría hoy.

Recordó lo que le había dicho Diane Rivolli en la fiesta de los Bonucci: «Constantin haría lo que fuera para conseguir la presidencia de DSE».

Isobel se quitó el anillo de compromiso y la alianza matrimonial y se los tiró a Constantin.

–Puedes quedarte con ellos –dijo con voz ronca–. No los quiero. Tal vez en el futuro engañes a otra mujer haciéndola creer que tienes corazón en vez de una roca en el pecho. Dáselos a ella. Pero acabará por descubrir que, en el lugar que debiera estar tu corazón, solo hay un enorme vacío.

Los anillos rebotaron en el pecho de Constantin y cayeron al suelo. Ella se dio la vuelta y cruzó el vestíbulo a toda prisa.

Las llaves del coche estaban en la mesa, las agarró y se dirigió a la puerta principal.

–¡Isobel, ten cuidado, por Dios! No estás acostumbrada a conducir un coche tan potente.

Mientras arrancaba, pensó con amargura que le preocupaba más el coche que ella. Al pisar el acelerador, el vehículo salió disparado.

Las lágrimas la ahogaban. Su matrimonio había sido una farsa desde el principio y había concluido para siempre.

El coche deportivo era una poderosa bestia que necesitaba mano firme, por lo que Isobel, mientras tomaba la estrecha carretera que la alejaba de Casa Celeste, se concentró en seguir viva.

Después de adelantar un carro tirado por un burro y pasarle rozando, salió de la carretera para dirigirse a un pueblecito. Aparcó en la plaza central, que estaba desierta, ya que era mediodía y el sol estaba en su apogeo.

Lloró hasta dolerle el pecho.

¡Qué idiota había sido!

Había creído a Constantin cuando le dijo que no se había casado con ella por haberse quedado embarazada. Estaba furiosa. Quería arrancarle el corazón como él le había arrancado el suyo. Quería que sufriera lo mismo que ella, pero Constantin no lo haría porque era de piedra.

La había utilizado para conseguir la presidencia de DSE. La había seducido y hecho el amor, incluso le había pedido que volviera a lucir la alianza matrimonial... Todo mentira.

Se metió el puño en la boca para ahogar un grito de dolor. Nunca le perdonaría el cruel engaño.

¿Por qué no había seguido con los trámites de divorcio, cuando él se lo había pedido, en vez de aferrarse a la estúpida esperanza de que tal vez la quisiera?

Su padre había querido a su hermano, pero no a ella, que lo había decepcionado. Era una sangrante ironía que el único hombre del que se había enamorado tampoco la quisiera.

Sacó un pañuelo del bolso y se secó los ojos.

¿Qué había esperado de Constantin? Él le había dicho que le resultaba difícil expresar sus emociones, pero, en realidad, lo único que le importaba en la empresa. Era ambicioso y despiadado.

Iba a volver a arrancar cuando recordó la rosaleda que había plantado en recuerdo de su hija. Había trabajado mucho para crear un lugar hermoso y tranquilo donde sentarse a recordar a la niña que no llegó a vivir, pero que ocupaba un lugar especial en su corazón.

Eso no era propio de un ser despiadado, reconoció ella. Recordó también cómo la había protegido después del asalto del acosador, llegando incluso a contratar a un guardaespaldas contra la voluntad de ella.

Pero le interesaba protegerla para demostrar a su tío que se habían reconciliado. Ella solo había sido un peón de su ambición por dirigir DSE.

Hacía mucho calor dentro del coche para pensar con claridad. Se bajó y lo cerró con llave. El lujoso coche de carreras destacaba en la plaza del pueblo, y un grupo de niños lo miraba fascinado.

Tal vez a todos los niños les gustaran los coches deportivos, pensó ella mientras se metía debajo de un roble para estar a la sombra. Recordó el cochecito de carreras que la madre de Constantin le había regalado y que él conservaba como si fuera una valiosa joya.

Su padre le había prohibido llorar la muerte de su

madre. ¿Cómo iba a esperar ella que manifestara sus emociones cuando lo habían educado para ocultarlas?

Recordó su ternura cuando la había llevado en brazos al dormitorio la noche anterior. Las manos le temblaban al desnudarse, antes de abrazarla y besarla con tanta dulzura que a ella se le habían saltado las lágrimas.

Un hombre sin corazón, un hombre que no la quisiera no se comportaría así.

Sería una estúpida si volvía a Casa Celeste. Lo sensato era continuar hasta Roma y agarrar el primer vuelo a Londres para comenzar los trámites de divorcio. Constantin no se merecía otra oportunidad. Ni tampoco su amor.

Pero no podía desechar la imagen del niño frente a la tumba de su madre sin verter una lágrima ni tampoco olvidar la dulzura de los besos de Constantin.

Tenía que saber la verdadera razón de que se hubiera casado con ella. Él se lo debía.

Echó a correr hacia el coche resuelta a descubrir los secretos que, estaba segura, él seguía ocultando.

Capítulo 12

LA CASA parecía desierta. Los pasos de Isobel resonaron en el suelo de mármol del vestíbulo. Pensó que tal vez Constantin le hubiera pedido a su tío que lo llevara a Roma. Pero la puerta principal estaba abierta.

Subió al primer piso y oyó un ruido que le heló la sangre. Los gemidos procedían del dormitorio de Constantin. Ella corrió hacia allí, abrió la puerta y se quedó estupefacta ante lo que vio.

Él estaba sentado en el borde de la cama con el rostro entre las manos. Y lloraba lanzando sollozos que le sacudían todo el cuerpo.

Ella solo había visto una vez llorar a un hombre tan desconsoladamente. Su padre había aullado como un animal el día que sacaron a su hijo del pantano. Ella no supo qué hacer para consolarlo, y se había preguntado si su padre no desearía que hubiera sido ella, y no Simon, la que se hubiese ahogado.

Al casarse con Constantin, su falta de seguridad en sí misma no había facilitado la relación. Creía que no era lo bastante buena para él, como tampoco lo había sido para su padre. No se había preguntado por qué su esposo no mostró emoción alguna al enterrar a Arianna porque estaba absorta en sus propios sentimientos.

—¿Qué te pasa, cariño? —susurró arrodillándose frente a él.

Él alzó la cabeza y la miró con los ojos enrojecidos.

—¿Isobel? —al darse cuenta de que no se la había imaginado, su expresión se volvió aún más desolada—. ¿Qué haces aquí? Tienes que marcharte. Debes alejarte de mí y no volver.

Ella le acarició la mejilla húmeda, allí donde antes lo había abofeteado.

—¿Por qué quieres que me vaya?

—Porque... —gimió—. Porque temo hacerte daño.

—Solo me lo harías exigiéndome que me vaya. Cuando ayer me pediste que volviera a llevar el anillo de casada, creí que era porque querías que nuestro matrimonio funcionara. Al enterarme de que tu tío te había forzado a reconciliarte conmigo para que te nombrara presidente de DSE, pensé que tú... que mis sentimientos no te importaban. Pero no es así, ¿verdad? Creo que te importan un poco.

En vez de responder, él se levantó y se metió en el cuarto de baño, del que salió unos segundos después secándose la cara con una toalla. Parecía haberse calmado, pero su pecho ascendía y descendía como si le costara trabajo respirar.

—Hay cosas que no sabes —afirmó con brusquedad—. Un secreto que he guardado desde los diecisiete años.

—Para que nuestro matrimonio tenga otra oportunidad no puede haber secretos entre nosotros.

–Si te cuento ese secreto, te garantizo que te marcharás y no querrás volver a oír el apellido De Severino.

Durante unos segundos, Isobel tuvo miedo de lo que le fuera a revelar en aquella casa llena de fantasmas. Fuera lo que fuera, era evidente que lo atormentaba y que llevaba toda su vida adulta cargando con ese peso.

–Creo que ambos debemos correr ese riesgo.

Él se mantuvo en silencio durante unos instantes y, después, lanzó un profundo suspiro.

–Muy bien.

Se acercó a la ventana que daba al patio y se quedó de espaldas a ella.

–Estoy convencido de que mi padre asesinó a su segunda esposa.

Isobel sintió un escalofrío.

–Pero... yo creía que Franco quería a Lorena.

–La quería. Estaba obsesionado con ella y no soportaba que otro hombre la mirase.

–¿Ni siquiera tú?

Una vez más, Isobel recordó las palabras de Diane Rivolli: «Era cruel el modo en que Lorena alentaba las esperanzas de Constantin y el modo de enfrentar al padre con el hijo».

Constantin suspiró.

–Yo tenía diecisiete años cuando mi padre se volvió a casar. Al regresar del internado me encontré con que tenía una madrastra que solo era unos años mayor que yo. La idea que tenía Lorena de lo que era vestirse para cenar era ponerse un pareo encima del bikini –prosiguió con ironía–. Flirteaba con todo lo que llevara pantalones. Para un adolescente con las hormonas descontroladas y sin experiencia sexual, constituía una suprema tentación.

–A tu padre no le gustaría que mostraras interés por su esposa.

–Odiaba que estuviera con ella. Mi padre y yo nos peleamos muchas veces, y también se pelearon Lorena y él.

Se quedó callado durante unos segundos, antes de continuar.

–Un día, mientras estaba en el patio, oí voces procedentes de lo alto de la torre. Mi padre y Lorena estaban discutiendo, como era habitual. Ella se burlaba de él por ser un viejo diciéndole que me deseaba más a mí que a él –Constantin hizo una mueca–. Yo, como el joven estúpido que era, me sentí halagado. Mi padre se puso furioso. Comenzó a gritar a Lorena y, entonces, vi que ella caía por la barandilla del balcón y que mi padre la seguía unos segundos después.

–¡Qué terrible tuvo que ser para ti presenciarlo!

–Fui el único testigo. En la investigación declaré que había visto caer a Lorena y que mi padre había intentado salvarla, pero que se inclinó demasiado y también cayó. El veredicto fue muerte accidental en ambos casos.

–Tu padre era un héroe que había muerto intentando salvar a su esposa.

–Fue lo que todos creyeron. Me convencí de que los hechos se habían desarrollado como había declarado porque había bloqueado buena parte de lo sucedido al no poder soportar recordarlo. Sentía que había algo que no encajaba en lo que había visto, pero no supe qué era hasta que comenzaron las pesadillas.

Volvió la cabeza y miró a Isobel.

–Empezaron el fin de semana en que te llevé a Roma y nos hicimos amantes. Eras distinta a todas las mujeres que había conocido, hermosa e inocente, como descubrí cuando nos acostamos, y tremendamente sensual.

Lanzó un bufido de desprecio hacia sí mismo.

–No debí haberme alegrado de ser tu primer amante, pero me sentí como un rey.

Isobel tragó saliva.

–Si es así, ¿por qué me dejaste plantada en cuanto volvimos a Londres? Me dijiste que nos habíamos divertido, pero que no querías comprometerte. Y te volviste a Roma.

Constantin apartó la vista para no contemplar su expresión de dolor.

–Mientras estábamos en Roma tuve una pesadilla aterradora sobre lo sucedido a mi padre y a Lorena. Los vi en el balcón en lo alto de la torre, y mi padre extendía las manos hacia ella antes de que cayera, no después como había declarado en la investigación. Era la pieza del rompecabezas que me faltaba y que me había inquietado durante tanto tiempo. La pesadilla me mostró lo que mi mente consciente había reprimido. Mi padre no había tratado de salvar a Lorena, sino que la había empujado en un ataque de celos y, después, se había suicidado tirándose detrás de ella.

–¡Es horrible! –exclamó Isobel–. Parece increíble.

–Ojalá lo fuera –afirmó él con gravedad–. Por desgracia, es cierto. En mis pesadillas siempre aparece la misma secuencia de hechos. Mi padre fue responsable de la muerte de mi madrastra.

Isobel frunció el ceño.

–Si es cierto, tu padre hizo algo terrible. Pero ¿por qué empezaste a tener pesadillas al conocerme? ¿Me parezco a Lorena, te recuerdo a ella?

Se preguntó si por eso había atraído a Constantin al trabajar para él de secretaria.

–No, no te pareces a ella en absoluto.

–Entonces, ¿por qué fui el catalizador que te hizo recordar lo sucedido?

–Supongo que las pesadillas son un aviso del sub-consciente –murmuró él.

Ella lo miró confundida.

–¿Un aviso de qué?

–De que puede que haya heredado de mi padre los celos que lo convirtieron en un asesino.

Ella trató de entender lo que le decía.

–¿Tienes miedo de enamorarte de alguien de la forma obsesiva en que tu padre amaba a Lorena?

Constantin lanzó un gemido.

–No de alguien, de ti, Isabella. Te quiero. Por eso voy a divorciarme de ti.

A Isobel, el corazón le dio un vuelco.

–¿Me quieres? –preguntó con voz débil–. Pero antes has reconocido que me pediste que volviéramos a estar juntos porque tu tío solo te nombraría presidente de DSE si nos reconciliábamos.

–Tenía que conseguir que te marcharas porque es el único modo de asegurarme de que estarás a salvo. Estás mejor sin mí. No había previsto que volvieras.

Se apartó el cabello de la frente con mano temblo-rosa.

–Cuando, hace tres años, nos hicimos amantes en

Roma, causaste en mí un efecto como ninguna otra mujer lo había hecho. La pesadilla que tuve entonces me aterrorizó porque no sabía si sería tan celoso como mi padre, así que di marcha atrás y puse fin a nuestra relación. Al contarme que estabas embarazada, me pareció que había intervenido la mano del destino. Me dije que era mi deber casarme contigo, pero, secretamente, me alegré de tener una excusa para que la relación continuara.

—Fuimos felices los primeros meses de nuestro matrimonio —le recordó Isobel—. Pero todo cambió cuando vinimos aquí, a Casa Celeste.

—Las pesadillas comenzaron de nuevo, pero empeoraron, porque soñaba que éramos tú y yo quienes estábamos en lo alto de la torre y que te empujaba preso de un ataque de celos. Nunca he sido posesivo con una mujer, salvo contigo.

—Pensé que, si dejaba de amarte, estarías a salvo de mis celos. Pero después de que abortaras no supe cómo ayudarte. No podía culparte porque recurrieras a tus amigos en busca de apoyo, pero odiaba que prefirieras estar con ellos en vez de conmigo.

—Los celos son el peor de los venenos, Cuando me abandonaste y te fuiste de gira con las Stone Ladies, casi sentí alivio al saber que ya no era un peligro para ti. Tenías una nueva vida y una carrera llena de éxitos, y supuse que Ryan Fellows y tú erais amantes.

Constantin hizo una pausa. Sabía que tenía que ser totalmente sincero con Isobel.

—Estaba furioso con mi tío por darme un ultimátum. Os había visto a ti y a Ryan en la televisión dando a entender que teníais una relación. Cuando te besé en la fiesta de Londres, mi intención era convencerte de que volvieras conmigo solo para que mi tío me nombrara presidente.

Isobel se mordió los labios.

–¿Así que todo fue fingido?, ¿tu amabilidad, las rosas que me regalaste?

–Cuando el acosador te atacó, lo único en que pensé fue en protegerte. Te traje a Roma y me volviste a fascinar. Pero la noche que cenamos en la *trattoria* me obligó a reconocer que seguía constituyendo una amenaza para ti.

–Fue una velada preciosa –afirmó ella, sin entenderlo–. Me sentí a salvo del acosador por primera vez en muchos meses. Tú hiciste que me sintiera segura.

–El camarero del restaurante te sonrió y me dieron ganas de arrancarle la cabeza. Odio que otros hombres te miren.

–Y yo que te miren otras mujeres. Cuando te veía en las fotos en los periódicos con hermosas mujeres, me ponía enferma de celos. Es un sentimiento normal de los seres humanos –afirmó ella con suavidad.

–Mi padre mató a su esposa por celos. No irás a decirme que eso es un comportamiento normal.

Negó con la cabeza.

–He rechazado el puesto de presidente de DSE y he dimitido del de consejero delegado. Le había pedido a mi tío que viniera aquí esta mañana para darle la noticia, pero tú hablaste primero con él, antes de que pudiera contarle mis planes.

–¿Cuáles son? La empresa te importa más que cualquier otra cosa. No puedo creerme que hayas dimitido.

–No tengo ni idea de lo que voy a hacer. Creía que si dejaba DSE y Casa Celeste, si me alejaba de todo lo relacionado con mi padre, podríamos empezar de nuevo. Pero anoche tuve otra pesadilla. Me he dado cuenta de que no puedo esconderme del pasado ni cambiar el hecho de ser hijo de Franco de Severino. He heredado sus celos, pero no quiero saber qué puedo llegar a hacer por su causa.

Miró el hermoso rostro de Isobel y se imaginó el cuerpo destrozado de su madrastra al pie de la torre.

–¿No te das cuenta, Isabella? No puedo arriesgarme a quererte. Por tu propia seguridad, déjame, vete y sigue viviendo.

Después de oír la puerta cerrarse tras Isobel, Constantin estuvo mucho tiempo mirando el patio sin verlo.

Se había acabado.

Ella ya sabía que se había casado con el hijo de un asesino, por lo que no era de extrañar que se hubiera marchado.

Tenía un nudo en la garganta. Si había infierno, no sería peor que aquello por lo que pasaba él en ese momento. Su único consuelo era saber que había hecho todo lo posible para proteger a Isobel.

Hablarle de su padre había hecho que se sintiera sucio.

Soltó un juramento, se desnudó y se metió en la ducha.

El agua le limpió el cuerpo, pero nada podía eliminar la oscuridad de su alma. Los recuerdos de Isobel lo asaltaron: la sonrisa, el cabello dorado extendido sobre la almohada, los labios abriéndose bajo los suyos...

Ella se había ido, y su vida carecía de sentido. Echó la cabeza hacia atrás para que le cayera el agua en la cara y, así, decirse que no eran lágrimas lo que le resbalaban por las mejillas.

No se dio cuenta de que no estaba solo hasta que una mano lo tocó en le hombro.

—¡*Santa Madre*! ¡Casi me muero del susto!

Agarró la toalla que Isobel le tendía, se secó y se la enrolló en la cintura. Era una toalla de manos, por lo que apenas le cubría los muslos.

—¿Por qué sigues aquí?

Si ella no se iba, temía no dejarla marchar nunca.

—Si no quieres conducir mi coche, te pediré un taxi.

—No me voy —dijo ella con calma—. He salido al patio y he mirado la torre. No estoy segura de que pudieras ver con claridad lo que sucedió en el balcón hace tanto tiempo. Presenciaste un hecho traumático a los diecisiete años —prosiguió ella con voz suave—. Creo que te sentías culpable por haberte enamorado de tu madrastra. La oíste discutir con tu padre y tal vez pensaste que Franco tenía derecho a estar enfadado con su esposa. Cuando la viste caer creíste que tu padre la había empujado, pero, en realidad, no sabes si lo hizo.

—En mis pesadillas siempre veía lo mismo— apuntó él.

Cerró los ojos durante unos segundos.

—A veces te veo a ti caer de la torre. Me despierto aterrorizado, porque no soportaría que te pasara algo tan terrible como a Lorena.

Isobel vio el dolor en sus ojos. ¿Cómo había creído que era un hombre frío y sin emociones?

—Te quedaste traumatizado por lo que viste ese día. Pero, incluso aunque hubieras visto a tu padre empujar a Lorena, eso no implica que hayas heredado sus tendencias asesinas. Tú no eres Franco; tú eres tú, y, por lo que sé de tu padre, eres muy distinto. Cada uno es dueño de su destino. Debieras estar tan orgulloso de quién eres y de lo que has logrado en DSE como yo lo estoy de ti.

—¿Así que ahora eres psicóloga?

—No, soy tu esposa y te quiero con toda mi alma. He encontrado esto en tu escritorio.

Era la nueva petición de divorcio que su abogado le había enviado. Ella la rompió en pedazos.

—Seguiré siendo tu esposa hasta que la muerte nos separe.

Él no dijo nada durante unos segundos, pero, luego, la estrechó en sus brazos.

—Maldita sea, Isobel. No puedo pelearme contigo cuando no juegas limpio.

—¿Por qué quieres pelearte conmigo?

—Porque me da miedo quererte. Porque me da miedo perderte.

—No me perderás —dijo ella con convicción—. Te querré siempre.

Le agarró el mentón con ambas manos y buscó su boca para besarlo con todo su amor, con el alma y el corazón.

—*Ti amo, Isabella*. Juro que nunca te haré daño.

—Entonces, debes prometerme que siempre me querrás.

–Voy a demostrártelo.

La tomó en brazos y la llevó al dormitorio, donde le hizo el amor con una pasión tan tierna que ella rompió a llorar.

–No llores o me pondré yo también a llorar.

Ella vio en ellos el brillo de las lágrimas, la vulnerabilidad que ya no trataba de ocultarle, y sintió que el corazón le rebosaba de amor.

–Habrá veces en que nos riamos y otras en que lloremos, porque la vida es así. Pero lo haremos juntos. Y siempre nos querremos –afirmó ella.

Él sonrió.

–Siempre, amor mío.

Epílogo

DIECIOCHO meses después.

El público del Wembley Arena pedía otro bis a las Stone Ladies, que ya habían hecho tres, por los que las luces se encendieron para indicar que el concierto había terminado.

Entre bastidores, Ryan se dirigió a Isobel.

—¿Queréis venir Constantin y tú a tomar una copa con Emily y conmigo?

—Creo que nos iremos directamente a casa. Pero vosotros vendréis la semana que viene a cenar, al igual que Carly y Ben, ¿verdad? Constantin quiere enseñarte el coche nuevo. Parecéis críos en lo que se refiere a los coches.

Ryan sonrió.

—Allí estaremos.

Ryan se metió en el vestuario e Isobel buscó entre la multitud a su esposo.

—Es una suerte que seas más alto que los demás —dijo mientras él le pasaba el brazo por la cintura y la atraía hacia sí para besarla.

—Ha sido otro concierto fantástico, pero debes de estar agotada después de dar cuatro seguidos. Es hora de que te lleve a ti y a nuestro hijo a casa.

Isobel contempló emocionada al bebé de cuatro meses profundamente dormido al que Constantin sostenía en el otro brazo.

–¿Cómo se ha portado Theo mientras actuaba?

Él rio.

–Ha dormido durante todo el concierto. Me temo que a tu hijo no le impresiona que seas una estrella del rock.

Ella también rio.

–Ya verás cuando tenga edad para tocar la batería.

Whittaker los esperaba para conducirlos a Grosvenor Square.

Una vez dentro del coche, ella apoyó la cabeza en el hombro de Constantin.

–La nueva casa pronto estará terminada. He hablado hoy con el arquitecto y me ha dicho que podremos mudarnos al chalet antes de Navidad.

–Theo pasará su primera Navidad en Casa Rosa. Me muero de ganas.

Él sonrió al pensar en la sorpresa que tenía reservada a Isobel: había encargado la construcción de un estudio de grabación al lado de la casa.

Ella había entendido que no quisiera vivir en Casa Celeste, que finalmente se había convertido en un museo.

Casa Rosa era un chalé moderno, construido cerca de la capilla donde estaba enterrada su hija. Constantin había seguido las obras muy de cerca.

A pesar de que había retirado su dimisión de DSE, había decidido compartir los puestos de presidente y de consejero delegado con su primo, lo cual le permitía ir a los conciertos de Isobel y cuidar de Theo mientras ella actuaba.

—¿Por qué sonríes? —preguntó ella.

—Pensaba que la vida es perfecta. No me imaginaba que pudiera ser tan feliz, *mio amore*.

Se miraron a los ojos. Ya no había secretos entre ellos, solo un amor que duraría eternamente.

—Te quiero —dijo ella.

Solo dos palabras, pero que lo significaban todo.

Bianca.

¿Cómo iba a convencerle de que ella no era parte de la herencia
si apenas podía resistirse a sus caricias?

El silencio en la sala resultó
ensordecedor mientras se
leían las últimas palabras
del testamento del padrastro
de Virginia Mason. De re-
pente, la vida de la inocente
Ginny quedó hecha añicos.
Sin herencia, su futuro y el
de su familia quedarían en
manos del enigmático Andre
Duchard.

El francés era extraordinaria-
mente atractivo, pero también era todo aquello que
Ginny despreciaba en un
hombre; era arrogante y cíni-
co. Pero un beso robado la
haría sucumbir sin remedio.

El legado de su enemigo

Sara Craven

Acepte 2 de nuestras mejores novelas de amor GRATIS

¡Y reciba un regalo sorpresa!

Oferta especial de tiempo limitado

Rellene el cupón y envíelo a
Harlequin Reader Service®
3010 Walden Ave.
P.O. Box 1867
Buffalo, N.Y. 14240-1867

¡Si! Por favor, envíenme 2 novelas de amor de Harlequin (1 Bianca® y 1 Deseo®) gratis, más el regalo sorpresa. Luego remítanme 4 novelas nuevas todos los meses, las cuales recibiré mucho antes de que aparezcan en librerías, y factúrenme al bajo precio de $3,24 cada una, más $0,25 por envío e impuesto de ventas, si corresponde*. Este es el precio total, y es un ahorro de casi el 20% sobre el precio de portada. !Una oferta excelente! Entiendo que el hecho de aceptar estos libros y el regalo no me obliga en forma alguna a la compra de libros adicionales. Y también que puedo devolver cualquier envío y cancelar en cualquier momento. Aún si decido no comprar ningún otro libro de Harlequin, los 2 libros gratis y el regalo sorpresa son míos para siempre.

416 LBN DU7N

Nombre y apellido	(Por favor, letra de molde)

Dirección	Apartamento No.	

Ciudad	Estado	Zona postal

Esta oferta se limita a un pedido por hogar y no está disponible para los subscriptores actuales de Deseo® y Bianca®.
*Los términos y precios quedan sujetos a cambios sin aviso previo.
Impuestos de ventas aplican en N.Y.

SPN-03 ©2003 Harlequin Enterprises Limited

PASIÓN INCONTROLABLE

OLIVIA GATES

La extremada sensualidad del jeque Numair Al Aswad impactó a la princesa Jenan Aal Ghamdi. Él consiguió rescatarla de un matrimonio concertado y por ello recibió una recompensa asombrosa: ¡un heredero!

Numair provenía de un pasado oscuro y buscaba venganza. Además quería reclamar su trono. Jenan era vital para sus planes, pero su fría y calculadora estrategia se derritió bajo el ardor de la pasión que compartían.

Entonces tuvo que elegir entre las ambiciones de toda una vida o la mujer que albergaba a su hijo en el vientre.

Amor a primera vista